本书出版获得广西民族大学中国语言文学重点学科建设经费资助，谨表谢忱。

寓桂文学概观

张啸 著

中国社会科学出版社

图书在版编目（CIP）数据

寓桂文学概观／张啸著．—北京：中国社会科学出版社，2018.12

ISBN 978－7－5203－3622－2

Ⅰ.①寓…　Ⅱ.①张…　Ⅲ.①地方文学史—文学史研究—广西

Ⅳ.①I209.967

中国版本图书馆 CIP 数据核字(2018)第 262331 号

出 版 人　赵剑英
责任编辑　陈肖静
责任校对　周　昊
责任印制　戴　宽

出　　版　中国社会科学出版社
社　　址　北京鼓楼西大街甲 158 号
邮　　编　100720
网　　址　http://www.csspw.cn
发 行 部　010－84083685
门 市 部　010－84029450
经　　销　新华书店及其他书店

印　　刷　北京明恒达印务有限公司
装　　订　廊坊市广阳区广增装订厂
版　　次　2018 年 12 月第 1 版
印　　次　2018 年 12 月第 1 次印刷

开　　本　710×1000　1/16
印　　张　13.5
插　　页　2
字　　数　152 千字
定　　价　58.00 元

序

容本镇[*]

自两千多年前秦王朝把岭南纳入华夏版图，岭南这片广袤的土地就与中华民族紧密地联系在一起，中原文化便源源不断地在这片古老的土地上生根发芽，开枝散叶。海上丝绸之路的开通与兴盛，更让八桂大地具有了更加开阔的视野和宽广的胸怀。千百年来，各种异质文化的进入与融合，铸造了广西人独特的文化气质，一方面秉持了勇武、刚毅、坚韧的民族根性，另一方面又形成了开放、包容的文化品格。

广西远离中原，但中原文化在广西的传播却从未间断过，广西与其他地域的文化交流也从未间断过。其中流寓文人的到来，就是中原文化在广西传播的一个重要途径与方式。流寓文人对广西文化的进步与发展贡献巨大，影响深远。仅就文学而言，一部广西古代

---

* 容本镇，教授，广西教育学院原党委书记，中国写作学会副会长，中国文艺评论家协会民族民间艺术委员会副主任，广西文艺评论家协会主席。

文学史，寓桂文人的创作至少占据了半壁江山。近年来，在中华优秀传统文化受到高度重视并得以大力弘扬的大背景下，官方与学界都十分注重对地域文化的挖掘与保护，研究成果不断涌现，张啸的专著《寓桂文学概观》就是广西地域文化研究的一项新成果，也是一项具有创新性意义的研究成果。

《寓桂文学概观》以文学地理学的理论视野，对寓桂文学进行了全面的梳理与阐述。书中首先对寓桂文学作了界定，对寓桂作家及寓桂文学作品进行了归纳与分类，厘清了寓桂文学的基本含义和主要内容，指出寓桂作家可分为贬谪、宦游、入幕、云游等类型。以前对寓桂文人的印象，往往首先想到的就是贬谪文人，其实寓桂文人绝非只有贬谪文人这一类。其次，书中对特定历史背景下社会生活环境与文学创作的关系进行了考察和探讨，指出了寓桂作家的出生地、游学地、居住地等对文学创作的影响，尤其是广西独特的地理环境和人文环境对寓桂作家创作的深刻影响。再次，论述了寓桂文人对广西文学和文化发展所起到的重要引领和推动作用。对于寓桂文人尤其是贬谪文人来说，流放的经历是不幸的，羁旅生活是痛苦的。但他们的到来，客观上却推动了当地文化的进步与发展，也为当地留下了珍贵的文化遗产与精神财富，对于贬谪地来说，这又是一大幸事！

古代文人士子一般都怀有“修身、齐家、治国、平天下”的抱负与情怀，但并非每个“学而优则仕”的文人都能够实现自己的理想，施展自己的抱负，历朝历代遭受挫折、头破血流者比比皆是，若是获罪遭贬或被诬入狱，结局往往十分悲惨。历史上很多被贬谪的流官，特别是从繁华京城被贬放到穷山恶水之地的官员，其心境是极为郁闷悲凉的。运气好一点的尚能减轻刑罚、获赦归去，运气不好的只能客死他乡、魂留异域了。但被贬谪的文人官员很少有人选择自杀了结一生。他们一般都能够自我调适，隐忍苟活。他们相信自己的宿命，一旦仕途无望，理想破灭，就乐天知命，或纵情山水，或潜心学问，或隐逸乡野，或遁入空门，以求精神上的解脱。

广西历来被视为“蛮荒之地”“瘴疠之乡”，那些初来乍到广西的官员，无论是朝廷委派的命官还是被贬谪的流官，面对偏僻陌生的生存环境，都不可避免地要经历一番恐惧、孤独、思乡的巨大痛苦。但他们很快就会被这里绮丽的山水风光所感染，心情也会开始变得明朗起来，远离机心权谋、明争暗斗的政治中心，也有一种精神上的解脱感。“在广西和谐自然的山水画里，欣赏到山峰的奇崛孤傲和山水的幽致秀美，这种山水交融的和谐美景，让人情不自禁摆脱了功名利禄的束缚，油然而生一种‘此中有真意，欲辨已忘言’的忘我和谐之情，从而达到一种人与自然和谐统一的境界，而这种和谐统一也正是儒、释、道三者所共同追求的‘天人合一’‘物我为一’‘禅悟心觉’思想境界的具体实践形式。当寓桂文人感受到这种忘我的‘天人合一’之境，就很容易将这种情愫倾注到他们的文学创作中，从而使得作品整体呈现出一种儒、释、道和谐相融的文化审美特质。”《寓桂文学概观》中这样的分析与判断，是符合古代士大夫的命运遭际和创作实践的，也是有见地的。沿着这样的线索和分析，我们还可探究与窥视传统中国文人丰富的内心世界和独特的心理气质。《寓桂文学概观》既注意参考和借鉴前人的研究成果，又在全面梳理史料的基础上融进自己的诸多思考与识见。全书思路清晰，内容充实，叙论结合，重点突出。但书中某些地方在材料筛选、分析论证、理论概括和表述的严谨性等方面，还有一定的提升空间，还可多下一些功夫。即便如此，作为一部系统研究寓桂文学概貌与发展的著作，其所具有的学术价值和现实意义是显而易见的，是值得肯定和鼓励的。广西地域文化和本土文学是一座富矿，希望年轻的张啸能够在这座丰富的矿藏里开辟出自己的一片天地来。

张啸是山东人，2010 年考取广西民族大学文学院中国现当代文学专业硕士研究生，其时我是他的指导老师。2013 年硕士毕业后，他选择留在广西，通过公开招聘留在母校从事行政工作。张啸一直以来都很勤勉、很好学，也很有毅力，而且对学术研究相当执着，尽管日常工作十分繁忙，但他始终没有放弃学术。目前他正在攻读中国古代文学专业博士学位。他既然选择了学术研究，相信他一定能够沿着这个方向走下去。

是为序。

2018 年仲夏 · 相思湖畔

目　录

绪　论…………………………………………………………（1）

第一章　历代寓桂作家梳理 …………………………………（13）

　第一节　贬谪作家 …………………………………………（13）

　第二节　宦游作家 …………………………………………（25）

　第三节　入幕作家 …………………………………………（35）

　第四节　云游作家 …………………………………………（45）

第二章　历代寓桂文学作品梳理 ……………………………（49）

　第一节　羁旅行役 …………………………………………（49）

　第二节　送别旧人 …………………………………………（52）

　第三节　寄赠酬唱 …………………………………………（56）

　第四节　山水岩洞诗 ………………………………………（59）

第三章　广西地域环境对寓桂文学创作的影响 ……………（65）

　第一节　言之有物 …………………………………………（65）

　第二节　情景相生 …………………………………………（83）

第三节　别样审美 …………………………………………………………（92）

第四章　广西人文环境对寓桂文学创作的影响……………（102）
第一节　民俗景观………………………………………………（104）
第二节　农耕景观………………………………………………（113）
第三节　衣食住行………………………………………………（118）
第四节　宗教信仰………………………………………………（128）

第五章　寓桂文学创作的转型…………………………………（136）
第一节　文体转型………………………………………………（137）
第二节　题材转型………………………………………………（140）
第三节　审美的转移……………………………………………（154）
第四节　转型的原因……………………………………………（162）

第六章　寓桂文学的影响………………………………………（166）
第一节　创作群体的形成………………………………………（167）
第二节　一带文风的开启………………………………………（176）
第三节　促进广西本土文学的发展……………………………（185）

主要参考文献……………………………………………………（202）

后　记……………………………………………………………（207）

绪　论

"区域"是研究文学的一个重要视角，也日渐成为一门"显学"①。广西文化是中华文化整体中不可分割的一部分，也是岭南文化圈中的亚文化，就其自身而言，粤西文化是粤西地区内诸文化因素的总和，而不仅仅是少数民族地区的文化②。相对于东部发达地区来说，广西尚属于地处边疆、少数民族众多、经济相对欠发达的西部地区，但是每个区域有各自的独特风景名胜和文化景观，倘若文人通过自己的慧眼将自己区域独特的文化生态纳入艺术作品中，则使得该区域具有了更加浓郁的人文涵养和超越时间空间的文化魅力，从唐代开发岭南以来，尤其是寓桂文人的不懈努力，使得广西文学意蕴深厚、历史悠久，新中国成立后，尤其是近年来广西文学的飞速发展也引起了学界的不断关注。同全国其他区域一样，广西文学以其自身独特的艺术特色和文学价值，成为中国区域文学不可或缺的重要组成部分。而寓桂文学则是广西文学的重要成员之

① 李仰智等：《八桂多才俊：广西文学的现状与未来》，《名作欣赏》2014 年第 31 期。

② 胡大雷等：《粤西文化与中华文化研究》，广西师范大学出版社 1998 年版，第 7—39 页。

一，寓桂文人不仅创作出众多的文学作品，取得了较高的文学成就，更重要的是，寓桂文人不同程度地对广西本土文学产生了影响，促进广西文学更好更快发展。广西虽然开发时间较晚，但是其良好的文化和文学传统及文艺环境的形成和发展，都离不开寓桂文人的重要贡献，如著名的寓桂文人柳宗元、苏轼、黄庭坚、范成大等，他们不仅对广西的经济社会的发展发挥了自身的积极作用，更为广西文化教育事业做出了不可磨灭的贡献，寓桂文人的文艺创作和文化活动直接或间接地建立、发展、充实了广西文学和文化宝库。

一　寓桂文学定义

文学属于人文学科，与哲学、宗教、法律、政治等同属于社会意识形态领域的范畴。《汉语大辞典》对于文学的解释为：文学是以语言文字为工具，比较形象化地反映客观现实、表现作家心灵世界的艺术，包括诗歌、散文、小说、剧本、寓言、童话等体裁，是文学的重要表现形式，以不同的形式即体裁，表现内心情感，再现一定时期和一定地域的社会生活。寓桂文学的创作主体是寓桂文人，自唐代开发岭南以来，各朝各代都有或因为贬谪、或因为游宦、或因为入幕等原因来到广西的文人，他们寓居广西期间或者离开广西之后创作的诗文等文学作品即为寓桂文学，所以此处我们所讨论的寓桂文学特指古代文学史中客居广西的作家所创作的文学作品。

二　寓桂文学研究现状

21 世纪以来，对流寓作家的研究和观照已逐步成为古代文学和地方本土文学研究的热点之一。在具体的研究实践中，对流寓文学和流寓作家的整体研究及作家个案研究成果较丰富。如刘汉忠《清代寓桂人物别集提要》（征引自周韩瑞《撷芙蓉集》）、顾嗣立《桂林集》、徐以升《湘漓集》等六集有关诗作，并提要其文献价值。甘伟珊、周文涛主编的《寓桂历史人物》通过系统介绍秦代至清末各时期，史禄、吕岱、柳开、汤显祖、洪秀全等具有代表性的92位历史人物在广西的作为，粗线条地反映古代广西的政治、经济、军事、文化和民风、民俗。杨东甫的《笔记野史中的历代谪桂官员》认为在古代中国，广西一向被视为“蛮荒之地”，因而也就成了不少朝代贬谪官员的重要场所——特别是唐宋两代。对这些谪桂官员的相关情况，正史中有若干记载，笔记野史中也能找到不少文献资料；而且笔记野史中的相关记叙，往往比正史中的同类内容更有血肉，更为详细。其他还有陈青松的《游子·寓贤：元末明初流寓江南的江西文人研究》，黄彦的《新时期新疆流寓小说论》，蒋寅的《一种更真实的人地关系与文学生态——中国古代流寓文学刍论》，来琳玲的《南北朝流寓士人探微》等。对作家作品进行个案研究的论文则比较多，在此不一一列举。另一个重要的研究视角就是从地域文化的区域视角研究广西文学，如荣华的《构建地域性文学传承平台——谈广西文学与地域文化》认为广西文学必须深深植根于包括地域文化在内的传统文化的土壤之中，才能形成自己丰富的内涵和独特的风格。刘丽琼在《民族民间文学对广西文学创作的影响》中认为民族民间文学从文学体裁的选择和表现手法的运用以及语言风格特色等方面，对广西文学的创作和发展起到重要的影响和推动作用。张明非在《唐代粤西生态环境与贬谪诗》中以唐代贬谪诗为个案，考察粤西生态环境与诗人及其诗歌创作的关系，主要关注两个方面，一是粤西生态环境对诗人的心态、创作动因及诗歌风格有何作用；二是当诗人处于粤西这一特定的生态环境下，其诗歌创作在题材、风格等方面又会发生什么样的变化。还有一种研究则关注于寓桂文人对广西经济社会文化产生的影响。如周雪瓴、蒋肖云在《唐宋流寓文人与广西书院文化》中认为唐宋期间，大量文人因贬谪、游历、迁居等原因流寓广西，他们影响或直接建立了广西最早的一批书院，对广西文化进程起到了重要的推动作用。流寓文人决定了广西书院的教学内容、教育宗旨和教学目标，也导致了广西书院分布的地域性。唐宋时期广西书院通过祭祀与理学传统体现出对流寓文人的纪念，书院文化则展现出对中原文化的“北方认同”。

从整体上来看，目前学术界对广西流寓文学的关注比较少，基本上只是对具体作家作品的评论，如张彦的《宋代李师中寓桂文学论》，左宗静的《论陈藻寓桂诗歌创作》，廖文华的《李渤谪桂期间的诗歌》，莫道才的《李商隐寓桂居所遗址考》等。尚缺少在文学地理学文化语境下对寓桂文学发展的整体性深度研究。

三　寓桂文学发展脉络

“唐宋之时，以岭南为迁谪所居，然苟非诸君子，则无以开辟其榛芜，发泄其灵异……或侨居其地，或经行其间，或为参佐，或则贬谪。登高而赋，遇景而题，甚有搜奇剔隐以表彰之，故当与粤西山水并垂不朽。”清代的汪森在其《粤西通载》中论述了唐代因为贬谪或其他人生遭际而南迁的中原士子们，他们的创作展现了广西丰富的地域文化和优美的山水风光，也促使了广西本土文学萌芽的出现，对广西文化和文学的发展有着极为重要的促进作用。从唐朝开始，岭南之地渐渐脱离“蛮荒之地”，开始有所发展。且从唐代开始岭南地区各个州县都建立有州学和县学，和中原地区一样，积极推行儒教。在唐玄宗天宝十三年七月敕称：“如闻岭南州县，近来颇习文儒。”① 由此可以看出广西兴文教的情况。

宋代无论是经济发展水平，还是思想文化的发展程度，都是我国古代一个较为发达的朝代，邓广铭甚至指出了“宋代是我国封建社会发展的最高阶段。两宋期内的物质文明和精神文明所达到的高度，在中国整个封建社会历史时期之内，可以说是空前绝后的。”② 虽然宋代整体发展水平较高，但不可否认的是，宋代的广西地区依然是一个相对落后的地区。尽管宋代的广西社会经济依然比较落后，但是其迥异于中原的山水方物却能给寓桂文人带来取之不尽用之不竭的创作灵感和写作素材。

据不完全统计，明代有50余位官员被贬谪到今天的广西地区，这些外地官员中，不乏才华出众的文人甚至是在当时很有名望的著名诗人，其中的寓桂文人代表有顾磷，还有颇具才华的解缙、董传策、吴时来、桑悦、孟洋、程文德等。有明一代，在唐宋开发岭南的基础上，世人对于广西的情感也日趋变得复杂。由此，客观上促使寓桂文学的发展逐步走向成熟阶段。他们所写作的涉桂诗文，除

① （宋）王溥：《唐会要（卷七五）》，中华书局1955年版，第1622页。

② 邓广铭：《谈谈有关宋史研究的几个问题》，《社会科学战线》1986年第2期。

了表现广西迥异于中原的风景物产之外，还有对于当时残酷社会现实的揭露和反映。历代寓桂文人的共同点依然是对于贬谪广西的复杂心理的描写和对于亲旧的思念。寓桂文人通过自己的写作和其他文艺活动，不仅丰富了自己的创作，更为广西乃至全国的文化事业做出了不可磨灭的贡献。

进入清朝，广西的文化更加繁荣，广西文坛人才辈出，诗文作品更加凸显广西地方特色，科举成绩也可圈可点。这一切都离不开因为种种原因到广西的外来文人的影响和努力。寓桂文人不仅专注于自己的文学创作，更用自己的深厚学识和辛勤的写作，影响带动了广西本土的文人一起繁荣广西文坛。举乾隆时期来说，当时的广西文坛不仅有袁枚重游广西，与广西当地的文人相互唱和写作、交流创作；还有宦游广西的山东高密诗派重要诗人李宪乔，他在任期间积极进行文艺创作，并且尽心尽力培育广西本土的文学新生代力量；此外还有定居桂林的临川诗人李秉礼，他的创作实践独具特色，并且以自己的交游唱和之功促进了广西和全国文坛的交往。寓桂文人群体和广西本土诗人朱依真、张鹏展等人，共同构成了广西文学的群体形象。

进入近现代以来，尤其是抗战时期，广西因为地处西南边陲，故而大量的作家在乱世中选择聚集在相对和平的桂林，在此生活、工作、创作，这也使得桂林在抗战时期成为全国的一个文化中心地。尤其是当时的省会桂林，一时间大师云集，办刊、创作等文学活动十分活跃，对广西新文学事业的发展起到了立竿见影的推动效果。外来的寓桂文人从旁观者的角度，更加清醒地审视桂林，也更加新奇地体验桂林，同时更加饱含激情地书写桂林。桂林一时成为当时全国的一个文化中心，寓桂文人对于广西文学的进一步发展作出了突出的贡献。

四　寓桂文学主要内容

寓桂文人的作品题材丰富多样，既有对于广西自然风光、民风民俗、特色物产的详尽描绘，也有对于沦落心态的描写和开拓，同时对于写作对象的选取，甚至对于政务教化的描写也多了起来。为官或行旅寓桂人物的诗文集存量丰富，其作品或题咏风物胜迹，或述史纪事，或记载事业兴建，或唱酬投赠，多可考见当时广西政治、经济、文化以及社会生活、民风民俗等多方面情形，极大地丰富了这类诗文的题材内容。

在寓桂诗人的笔下，桂林山水的形象是碧绿、幽致、澄澈的。广西优美而独特的山水风光也为诗人们提供了更多的创作热情和题材，在传统的山水诗的范畴内，增添了岭南的山水形象。广西不仅有奇山秀水和岩洞风光，更有历朝历代遗留下来的众多亭楼祠庙等名胜古迹。在寓桂文人们的眼中，广西的名胜古迹有着不一样的重要意义，通过登高凭栏，诗人们的心灵不但可以得到慰藉，而且可以抒发自己满腔的思乡怀人的情怀，同时通过凭吊古迹，生发一种怀古幽情，对自己漂泊不定的宦途也有一定的感叹。这种种复杂而深刻的情感，都由名胜古迹来作为情感的载体，被寓桂文人们写入诗文中。寓桂文学中将贬谪情感和广西特色相融合的也不在少数。一方面，寓桂文学涉及的贬谪文学中最为特色的就是对于被贬南疆的忧惧心态；另一方面，与对于广西的忧惧心态相对的就是寓桂文人们渴望北归的心态。寓桂文人描写了大量的广西特色风俗，开拓了诗文题材。“古者百里而异习，千里而殊俗。”[①] 百里习惯就不一样，相隔千里则风俗殊异，不同的地区有着截然不同的风俗，寓桂文人普遍从遥远的中原地区而来，第一次看到岭南独特的人文风俗，自然感到万分惊奇，进而将之纳入自己的文学创作中。寓桂诗文对于广西的各种奇风异俗多有描写，涉及广西本土各个民族的民生的婚丧嫁娶、节庆礼仪等方方面面，这些诗文为后世的我们还原了古代广西各族人民生活生产的真实场景，也为我们研究古代广西的生产、服饰、饮食、居住、商业等经济社会文化水平提供一定的文献参考。寓桂文人将广西的特色物产写入诗文中，丰富了诗文写作题材。广西特色的桂树、柑橘、榕、枫树、桄榔、荔枝等其他树木物产也纷纷进入诗人的视野，不仅如此，一些富有广西地域特色的花草类物产如芦花、豆蔻花、红槿花、刺桐花、白蘋花等，也见诸寓桂文人的笔端，形形色色，不一而足。除了对于广西特色花草树木的描绘，广西特色的动物也同样进入他们的作品。寓桂文学中就有诸多以描绘广西独特气候和瘴气为题材的诗作。

五　寓桂文学的特点

自古以来，广西独特的生态环境、文化环境为文学创作提供了多种写作素材，交通状况则影响着作家的活动范围及相互之间的交往。三者共同构成文学创作的外部环境氛围。作为创作主体的作家，既受客观环境的影响，也对环境有主观能动作用。在古代文学

---

① （先秦）晏子：《晏子春秋》，廖名春校，辽宁教育出版社 1986 年版，第 36 页。

创作中，寓桂作家是广西文学创作中一支不容忽视的重要创作队伍。寓桂作家大致可分贬谪、宦游、入幕三类。在相同的环境面前，不同类别的寓桂作家的心理情感反应各有差别。同样面对着迥异于中原的广西生态环境，贬谪诗人认为广西简直是蛮荒之地、魑魅之乡，瘴疠肆虐、非人可居；宦游诗人对于这种独特的自然环境多持欣赏和赞美的态度，认为广西就是仙境乐土，令人乐不思蜀；入幕文人则能够以更加客观、中立的态度对待广西的自然生态，诗文中表现的也是自己内心真实、冷静的感受，如戎昱的《桂州口号》："画角三声动客愁，晓霜如雪覆江楼。谁道桂林风景暖，到来重著皂貂裘。"① 而贬谪诗人认为"南国无霜霰"（宋之问《经梧州》），就有一定的夸张变形。又如入幕文人李商隐的《即日》："桂林闻旧说，曾不异炎方。山响匡床语，花飘度腊香。"② 这是对广西当时的地理环境、气候状况的客观记述，符合事实。其他如陈谠的《贵州》③、刘克庄的《即事》④《风》⑤ 等诗，其中反映的也是广西客观的气候特征。对于广西的人文风俗等，因为不同原因而来到广西的寓桂文人态度也不尽相同，甚至截然相反。如李商隐《射鱼曲》："思牢弩箭磨青石，绣额蛮渠三虎力。寻潮背日伺泗

---

① 陈贻焮：《增订注释全唐诗》（第二册），文化艺术出版社 2001 年版，第 729 页。

② 刘学锴、余恕诚：《李商隐诗歌集解》，中华书局 1988 年版，第 714 页。

③ 王象之：《舆地纪胜》，中华书局 1992 年版，第 3347 页。

④ 北京大学古文献研究所：《全宋诗》，北京大学出版社 1998 年版，第 36212 页。

⑤ 同上书，第 36219 页。

鳞，贝阙夜移鲸失色。”① 深入挖掘广西的人文特质和自然特色，较为公允。不同的文人对于同样的广西生态自然和人文景观的主观感受相差很大，说明外部环境对于诗文创作的影响作用是不尽相同的。

古代的寓桂文人普遍会产生一种审美的转移。这种转移的一大原因是他们在初期贬谪的痛苦过后，面对着广西优美奇特的山水风光，油然而生一种赞颂和欣赏。且广西自然山水形态的和谐优美恰好能够契合古代文人们所追求的儒、释、道自然和谐价值观的内在要求。在广西和谐自然的山水画里，欣赏到山峰的奇崛孤傲和山水的幽致秀美，这种山水交融的和谐美景，让人情不自禁地摆脱了功名利禄的束缚，油然而生一种“此中有真意，欲辨已忘言”的忘我和谐之情，从而达到一种人与自然和谐统一的境界，而这种和谐统一也正是儒、释、道三者所共同追求的“天人合一”“物我为一”“禅悟心觉”思想境界的具体实践形式。当寓桂文人感受到这种忘我的天人合一之境，就很容易将这种情愫倾注到他们的文学创作中，从而使得作品整体呈现出一种儒、释、道和谐相融的文化审美特质。

近现代的寓桂文人则更表现出一种对于自己描写目标的选择发生的转移，也称为“意向性的转换”。作为人口最多的少数民族地区，广西文学在全国文坛具有独特的地位和影响。21 世纪以来，由于全球化进程的加快，多元文化格局的呈现，广西文学的发展也显现出许多新的特质。

---

① 刘学锴、余恕诚：《李商隐诗歌集解》，中华书局 1988 年版，第 729 页。

六　寓桂文学的在文学史上的深远影响

（一）形成以寓桂作家为中心的创作群体

外省籍的作家或因贬谪流放、入幕、游历等因素而旅居广西，随之而来的也有他们长期所接受的主流文学气象。而广西那些笃志于学的文人士子循慕着寓桂作家的足迹，自觉地团结在他们周围，把他们奉为圭臬，由此形成了以寓桂作家为中心的文人群体。这些创作群体中既有以范成大为中心的文人群体，以张孝祥为中心的粤西诗词文人创作群体，也有以李宪乔为中心的诗人群体以及以周稚圭为中心的词人群体等，这些寓桂作家与本土文人之间的交游唱和、相互赠答无不成为广西深厚的历史文化积淀。

（二）促进广西本土创作群体的形成和发展

自唐逮明，全国能言者千家，然广西本土文学，无论是从作家人数上来看，还是以作品数量而论，都远远落后于主流文学区域。即使间有曹唐、曹邺以及蒋冕这样的地域名人，但总体而言，这些本土作家更多的是以零散的方式出现。至于地域性的作家群体，几乎是难觅踪迹。虽然清代以前广西本土作家未成气候，然而值得注意的是，从唐代开始，历朝历代都有许多文人寓居于此，其中亦不乏大家名家。他们寓桂时期的文学活动不仅繁荣了广西诗坛，同时也为广西积累了丰厚的文化底蕴，更为清代广西文学的崛起奠定了重要的基础。例如晚清“都峤三子”“杉湖十子”以及“临桂词派”等广西本土作家群体的涌现在一定程度上就得益于寓桂文学的长期浸润。

除了因志趣相投、风格相近而结社唱和的创作群体外，家族文学的繁荣也是清代广西文坛值得注意的现象。例如临桂朱氏、况氏、龙氏以及王氏，灵川的周氏、崇左的滕氏以及全州的蒋氏等，这些具有深厚家学渊源的文化世家，往往也通过交游或者家族联姻的方式进行文学创作活动。由此可见，经过长期的文学积淀，清代广西文坛早已突破了之前乏善可陈的文学现状，从而实现了巨大的发展，其中最明显的特征就是广西本土作家群的崛起。从致力于古文创作的“岭西五家”，到以吟诗作赋为结社旨趣的“都峤三子”和“杉湖十子”，再到曾主盟晚清词坛的“临桂词派”以及大量涌现的家族文人等，这些创作群体的出现无不说明广西已经积聚了丰厚的文学底蕴，这是历代寓桂作家及他们的文学贡献不断浸润着广西本土文学的重要结果。

（三）开启一带文风

广西处于西南边疆，风景秀美，然而在古代，其因偏僻的地理位置却长期被视为“瘴乡”或“南蛮之地”，这也使得它的文学发展长期远离中原主流文学，呈现出进展缓慢的状态。虽然广西本土作家作品并没有像中原以及清代江浙地区一样成勃然之势，然而那些历史上宦居和游居于此的文人，却对广西地方文学的发展起到极为重要的推动作用。例如柳宗元之于柳州，黄庭坚之于宜州、秦观之于横县，赵翼、李宪乔、刘大观、汪为霖之于镇安等，这些历代寓居广西的文人不仅为岭南这一荒僻之地带来了先进的文学气象，提高了当地文化与文学水平，而且也极大地促进了当地文风的形成。

第一章

历代寓桂作家梳理

寓桂作家，特指中国古代由于不同原因客居广西的作家。本书采用文学史通行的分类标准将历代寓桂作家大致分为贬谪、宦游、入幕、云游作家四类进行阐述。

◇第一节 贬谪作家

广西在古代地处蛮荒，交通闭塞，因其独特的地理环境，成为历朝历代流放、贬谪罪臣的重要区域。从中国古代贬谪的历史看，流放文人罪臣的做法，从尧舜时代就已经开始；但是因遭遇流放而发愤抒情创作的应该从屈原开始；汉魏六朝，流放、贬谪还没有形成制度和惯例，到唐宋时期贬谪已经成为处置犯官的主要方式，并形成了越来越完备的制度；秦两汉至魏晋南北朝，流放罪臣到岭南的做法少之又少，唐宋开始盛行。王雪岭《两〈唐书〉所见流人的地域分布及其特征》（《中国历史地理论丛》2002 年第 4 辑）统计，两《唐书》所载流人 211 人中，岭南道为 138 人，约占 65%；其次为黔中道，占 13%；再次为剑南道，占 10%；清代汪森编写的《粤西诗载》收录了汉代至明末的写广西的诗歌3118首，另附有词45阕，作者计832人，但广西籍仅有56人，多数为流寓文士。宋代文人贬谪仍然以岭南为重地，其次为荆楚（即今湖南、湖北等地），明代谪宦主要发往东北，清代谪宦最初的去处是东北，平定准噶尔叛乱（康熙在位后期）后，谪宦主要流向西北，即今天的新疆、内蒙古、甘肃等地。因此，东北和西北是明清谪宦的主要贬地。[①] 故本书从唐宋开始梳理被贬谪至广西的诗人。贬谪作家，可分为被贬来广西为官的作家及被贬途经广西的作家。现将被贬谪至广西为官及被贬谪途经广西并留下诗歌的作家按时间顺序大概列入其下：

1. 唐代

权龙褒，约万岁通天元年（公元696年）因亲属犯罪由沧州刺史远贬党州容山县（今广西玉林）[②]

沈佺期，神龙元年（公元705年），长流驩州途中五月至安海，遇北使，寄诗家人，有作品《寄北使并序》（诗本长安三年作，神龙元年长流驩州途中五月二十四日至安海遇北使，遂于诗前冠以小序以寄乡亲）。[③] 同年，长流驩州途中过容州鬼门关（今广西玉林容县），有诗《入鬼门关》；公元706年，遇赦北归途中，宿廉州之

---

① 王雪玲：《两〈唐书〉所见流人的地域分布及其特征》，《中国历史地理论丛》2002年第4期。

② 权龙褒自岭南归后有诗云："无事向容山，今日向东都。陛下敕追来，今作右今吾。"（《朝野佥载》卷四）据《新唐书》卷43《地理志》，党州辖县有容山，党州，今广西玉林。由此知其贬所在党州容山县。

③ （唐）沈佺期、宋之问：《沈佺期宋之问集校注》，陶敏、易淑琼校注，中华书局2006年版，第88页。

越州城（今广西北海合浦），有诗《夜泊越州逢北使》[①]。

宋之问，神龙二年（公元706年）于泷州贬所获赦北归，道经湘源县（今广西全州）；睿宗景云元年庚戌（公元710年）六月流钦州。[②] 公元711年，流钦州途中，过滕州西上；公元711—712年，由钦州至桂州，在桂州寄书与修史学士吴兢重托国史不错漏宋父令文事迹之事。公元712年晦日，流寓桂州；公元712年，自桂州赴梧州，经桂江悬黎壁；公元712年，先天元年，往返钦、桂、广诸州，经梧州时有诗；公元712年10月，赐死桂州。[③]

张说，武则天长安三年（公元703年）流钦州，中宗神龙元年（公元705年）遇赦北归。[④]

王维，公元740年在桂州（今广西桂林）以殿中侍御史身份充任补选副使。[⑤]

萧颖士，公元738年授桂州参军，不久丁忧离职。

令狐楚，公元793年在桂州王拱幕府。存有大量的作品，如《立秋日》。（此诗见《全唐诗》卷三。）

柳宗元，公元815年赴柳途中至桂州，新任容管经略使徐浚尚未至，宗元留诗以待。有诗《桂州北望秦驿手开竹径至钓矶留待徐

---

① 翟海霞：《沈佺期驩州赦归考辨》，《青海师专学报》2005年第2期。认为沈佺期自驩州赦归及神龙二年春末，非神龙三年，今从翟说，将北归途中诗文系于二年。

② 钟乃元：《唐宋粤西地域文化与诗歌研究》，广西师范大学博士学位论文，2010年。

③ （唐）沈佺期宋之问：《沈佺期宋之问集校注》，陶敏等校注，中华书局2006年版。

④ 《旧唐书·张说传》：（说）坐忤旨配流钦州。

⑤ 张清华：《王维年谱》，学林出版社1988年版。

容州》[1]。公元815年6月27日，至柳州刺史任，上表谢恩。公元819年，在柳州刺史任。公元819年11月8日，病卒于柳州。

皇甫湜，公元825年赴桂州，为李渤桂管节度使府从事。[2]

杨凭，宪宗元和四年（公元809年）谪临贺尉（今广西贺州）。

李涉（李渤仲兄），宝历元年（公元825年）十月，坐武昭狱流康州，道经桂州、梧州。

裴夷直，约会昌元年（公元841年）流驩州，道经桂江。

李德裕，约宣宗大中二年（公元848年）贬崖州，道经容州鬼门关。

郑畋，咸通末，自翰林承旨谪官苍梧太守[3]。

张叔卿，约肃宗年间流桂州。

2. 北宋

黄庭坚，公元1104年4月，赴贬地宜州，途经全州、桂林，有诗歌《到桂州》；公元1104年5月18日，至宜州贬所，任职期间，留下大量诗作，公元1105年9月30日，卒于宜州南楼。[4]

秦观，公元1098年过桂州秦城铺，遇一举子题诗于壁，读之涕霖；公元1098年春，自衡州赴横州，途经容州北流县，曾赋鬼门关一诗。公元1098年至横州，同年8月12日，秦观过容州，留多日，容守遣人送归衡州，至藤州，伤暑困卧，同年9月17日，

① 柳宗元：《柳宗元集》，中华书局1979年版，第1164页。

② 李芊：《皇甫湜年谱简编》，厦门大学硕士学位论文，2008年。

③ （宋）祝穆：《方舆胜览》卷四十，中华书局2003年版。

④ 郑永晓：《黄庭坚年谱新编》，社会科学文献出版社1997年版。

卒于光华亭上。

赵抃，公元 1041 年，以秘书丞通判宜州。公元 1042 年，在宜州，集诸生讲学于香山梵宇。[①]

李端臣，因元祐党人事件的牵连，被朝廷贬往遥远的广西任教授推官。

曾宏正，曾三聘之子。历官大理寺丞，湖南提刑。理宗淳祐三年（公元 1243 年），为广南西路转运使。

邹浩，崇宁二年（公元 1103 年）编管昭州，崇宁四年移汉阳。

陈瓘，崇宁中，坐党籍除名勒停送袁州、廉州编管，以赦移郴州。

张庭坚，崇宁二年（公元 1103 年），以忤蔡京入党籍，除名勒停编管鼎州，移象州。

3. 南宋

胡舜陟，公元 1136 年，除徽猷阁学士知静江府兼广西经略安抚使。公元 1136 年，知静江府。公元 1136 年，易灵川县滑石泉名漱玉泉；公元 1140—1141 年，起知静江府，复为广西经略。公元 1141 年 4 月 28 日，诏令节制广东广西湖南三路兵骆科[②]。

徐梦莘，公元 1157 年，服除，调郁林州司户参军。公元 1180 年，除广南西路转运司主管文字，赐绯衣银鱼。公元 1181 年 5 月，夏至，游弹子岩，友人梁安世有题名。公元 1181 年 6 月 15 日，游潜洞，友人王卿月有题名。公元 1181 年 8 月，游冷水岩，友人梁

---

① （清）罗以智：《赵清献公年谱》。

② 胡培翚等：《胡少师年谱》。

安世有题名。公元1181年8月15日，中秋，讲乡会于湘南楼，过弹子岩题名。①

张孝祥，公元1165年7月，到达桂林，备李金起义军寇境。公元1165年8月15日，官知静江。②

王以宁，公元1140年，复右朝奉郎知全州。公元1141—1142年，知全州。③

管鉴，公元1181年12月，以朝请大夫知全州，同年12月到任。公元1182年，知全州。④

王安中，钦宗靖康初，贬单州团练副使，象州安置。高宗即位，内徙道州。绍兴四年卒。

孙觌，高宗绍兴二年（公元1132年），以盗用军钱除名，象州羁管。绍兴四年，放还。

李纲，绍兴三年（公元1133年）初贬谪海南，绍兴四年（公元1134年）北返。往返皆取道粤西。

胡珵，绍兴二年，坐附李纲及为陈东上书润色，编管梧州。

丁大全，景定二年（公元1261年）贬贵州团练使，景定三年，移置新州，景定四年，溺死藤州。

4. 明代

顾璘，公元1513年，被贬至广西全州。

---

① （明）张鸣凤：《桂胜》卷二。

② 韩西山：《张孝祥年谱》，安徽人民出版社1993年版。

③ 王兆鹏等：《两宋词人丛考》，凤凰出版社2007年版。

④ 王兆鹏、邓建：《南宋词人管鉴生平考索》，《上海大学学报》（社会科学版）2008年第2期。

严震直，字子敏，浙江乌程（今吴兴县）人。明朝工部尚书。洪武二十八年（公元1395年）因受牵连，降为监察御史。

解缙，明永乐五年（公元1407年）被贬广西，任布政使司右参议。

董传策，字原汉，号幼海，淞江华亭（今上海）人。因弹劾严嵩父子而下狱，惨遭拷打，会地震获赦，谪戍广西南宁，于嘉靖三十七年（公元1558年）到达南宁。

明代大概有50位诗人被贬谪至广西，这具体的50位诗人在叶官谋先生的《明代贬桂诗人之涉桂诗论略》一文中有详细的介绍。本文只列举了4个来广西有诗歌创作以及具有代表性的几个诗人作为代表。而元代及清代时期，因朝廷政策的变化，贬谪至广西的官员较少，在此不做过多描述。

总之，在前人总结的基础上，以及加上这些诗人对广西诗歌创作的贡献等，本文列出唐宋被贬谪至广西的有唐代15人，北宋8人，南宋10人，明代4人。当然，贬谪来广西的不止这些，如钟乃元《唐宋粤西地域文化与诗歌研究》提到，唐宋期间来桂为官的贬谪诗人大概有："唐代14人，北宋12人，南宋27人，共53人"，而这些还是不完全统计的结果。总的来说，每次朝代更迭、党争激烈之时，就有大量的官员被贬至岭南地区，被贬谪的官员大都是政治斗争失败后被流放至岭南地区的，大多都死在贬所，如柳宗元、黄庭坚等，一生北归无望，老死或赐死在贬所。

唐宋时期是贬谪的高峰时期，伴随而来的是贬谪诗歌的繁盛时期，形成异常兴盛的贬谪诗歌创作现象。遭遇流放的悲愤和回归的渴望始终贯穿于唐宋的贬谪诗歌当中，以及诗人在贬谪之后受南荒异域风景的熏陶，写下许多关于广西风土人情的诗歌作品，这些诗人从广西的自然风景、风土人情中获得审美体验，发而为诗，这在当时对广西的文化发展起着重要的作用。

《通典·南蛮下》中说：“五岭之南，涨海之北，三代之前是为荒服”①，唐宋时期，岭南包括广东、广西、海南以及越南一部分地区。岭南靠海，且山林众多，交通不便，远离政治中心的京城，杜佑《通典》中明确指出岭南是“荒服”之地，即政府安置贬臣之地，如杜甫《梦李白二首》中提到“江南瘴疠地，逐客无消息”，唐代诗人白居易《送客春游岭南二十韵》“瘴地难为老，蛮陬不易驯。土民稀白首，洞主尽黄巾”，宋沈晦诗云：“五岭炎热地，从来着逐臣”。唐宋八大家之一的韩愈被贬岭南之时发出“惊恐入心身已病，扶舁沿路众知难”的感慨（《去岁自刑部侍郎以罪贬潮州刺史乘驿赴任》），去往贬谪之所途中偶遇侄子又发出“知尔远有应有意，好收吾骨瘴江边”的叮嘱，自认生还无望，可见岭南环境的恶劣以及诗人心中的悲愤之感。柳宗元《别舍弟宗一》诗曰：“一身去国六千里，万死投荒二十年。桂岭瘴来云似墨，洞庭春尽水如天”，“一身去国、万死投荒”是诗人被贬谪到蛮荒之后觉得其政治追求再无建树的无限悲愤，一个“荒”字足以表达他对贬谪之地“岭南”的不满以及写出了当时唐宋中原文人对岭南的整体印象就是“荒凉”和“偏远”。

遭遇贬谪的诗人总是充满着悲愤之情。每个诗人遭遇贬谪的原因可能有所不同，但是遭遇贬谪之后诗人们的待遇就发生翻天覆地

① 杜佑：《通典》，中华书局1984年版。

的变化。

一是身份、待遇的变化。遭遇贬谪之前，这些诗人大多位列朝廷要职，地位显赫，权倾朝野，众人拥簇。但一遭贬谪之后就变成了众矢之的的逐臣，无人为他求情讲话，昔日亲戚、旧友也置之不理，正如张籍在《伤歌行》中就明确地写出了遭贬诗人前后待遇的不同："黄门诏下促收捕，京兆尹系御史府。出门无复部曲随，亲戚相逢不容语。辞成谪尉南海州，受命不得须臾留。身著青衫骑恶马，东门之东无送者。邮夫防吏急喧驱，往往惊堕马蹄下"①，同样在《粤西诗载》中邹浩的《闻彦和过桂州二首》也写到贬谪前后待遇的不同："昔如鹄矫云，今如兔罹罝"。贬谪前后如云泥之别般的待遇让这些诗人难免凄楚难言，悲愤之感无以言表，只能通过手中笔来诉说。如宋之问《桂州三月三日》："代业京华里，远投魑魅乡。登高望不极，云海四茫茫。伊昔承休盼，曾为人所羡。两朝赐颜色，二纪陪欢宴……载笔儒林多岁月，幞被文昌佐吴越。越中山海高且深，兴来无处不登临"②，这是诗人流寓桂州之时的作品，追忆昔日曾是馆阁重臣之时的荣华富贵岁月，但是如今身处"魑魅乡"，可见官职的改变，身份的变换，京城的繁华与贬所的荒凉形成鲜明对比，这使得宋之问心里产生了极大的落差。

二是诗人对自己政治生涯的悲叹。岭南贬所既"荒凉"又远离政治中心，南逐之贬臣几乎不可能回到京都，贬谪诗人对自己的政治生涯亦加迷茫。如张说贬谪之前贵居相位，《旧唐书·张说传》

---

① 《全唐诗》卷382张籍《伤歌行》题注：元和中，杨凭贬临贺尉。

② （唐）沈佺期、宋之问：《沈佺期宋之问集校注》，陶敏等校注，中华书局2006年版。

载："（张）说至御前，扬言元忠实不反，此易之诬构耳。"但是张说没有真凭实据，因此触怒武则天，被"坐忤旨配流钦州，在岭外岁余"，在发配钦州途中偶遇好友高戬，愁从中来，挥笔写下《端州别高六戬》，表达出了浓重的悲伤之情以及对未来命运的迷惘："异壤同羁窜，途中喜共过。愁多时举酒，劳罢或长歌。南海风潮壮，西江瘴疠多。於焉复分手，此别伤如何"①，此时张说对未来的担心不无道理，后来高戬死在贬所端州。古人历来是"学而优则仕"，他们渴望成就一番事业，追求政治上的成功，但一贬再贬的贬谪生活，让诗人难以忍受，亦无法忍受贬所清苦又孤独的生活。又如柳宗元被贬永州十年，又复为柳州刺史，史载："王叔文之党坐滴官者，凡十年不量移执政有怜其才，欲渐进之者，悉召至京师；谏官争言其不可，上与武元衡亦恶之，三月乙酉，皆以为远州刺史，官虽进而地益远"②，十年的永州贬谪生活已经让柳宗元不管是在身体还是灵魂上都备受折磨和煎熬，当得知自己又被贬柳州刺史之际，心存十年的沉沦苦痛，再次被抛弃的苦闷，怎么能不发出悲愤的感慨："十年憔悴到秦京，谁料翻为岭外行。伏波故道风烟在，翁仲遗墟草树平。直以慵疏招物议，休将文字占时名。今朝不用临河别，垂泪千行便濯缨"③（《衡阳与梦得分路赠别》），"十年憔悴"道出了他这十年的艰辛，"谁料"和"翻"三字又写尽了他对再次被贬的无奈，再回忆之前因"慵疏"招致"物议"而遭遇贬谪的痛苦遭遇，现在他对未来更是迷惘，与友人更是天各一

---

① 彭定求点校：《全唐诗》，中华书局 2017 年版。

② （宋）司马光：《资治通鉴》，中华书局 1956 年版。

③ （唐）柳宗元：《柳河东全集》，中国书店 1991 年版。

方，唯有“垂泪千行便濯缨”。此时的柳宗元并不知道他这一生将再难回朝，甚至离世于贬所，就算他在柳州最艰难的时刻，也总是抱着北归的希望。

遭遇贬谪的诗人心中总是怀着回归朝堂、家乡的希望。被贬谪至偏远的蛮荒之地，从重臣到罪臣，从中心到偏远，又加上语言不通，心中的荒凉感倍增，此时远方的亲人是诗人生命中最大的牵挂，以及对政治的期待感也让他们渴望回归，渴望重登荣华富贵之位。因此对亲人的牵挂和对政治的追求成了诗人怀归、思归的源头，故诗人们所作诗歌大多是以“怀归、思归”为主题。如宋之问流寓桂州期间所作的《登逍遥楼》：“逍遥楼上望乡关，绿水泓澄云雾间。北去衡阳二千里，无因雁足系书还”，《桂州黄潭舜祠》中的：“虞世巡百越，相传葬九疑……神来兽率舞，仙去凤还飞。日暝山气落，江空潭霭微。帝乡三万里，乘彼白云归”，《渡汉江》中的“岭外音书断，经冬复历春。近乡情更怯，不敢问来人”①，柳宗元的《铜鱼使赴都寄亲友》：“行尽关山万里馀，到时闾井是荒墟。附庸唯有铜鱼使，此后无因寄远书”，《登柳州峨山》：“荒山秋日午，独上意悠悠。如何望乡处，西北是融州”②，《与浩初上人同看山寄京华亲故》：“海畔尖山似剑铓，秋来处处割愁肠。若为化得身千亿，散上峰头望故乡”③。又如宋代黄庭坚《至宜州次韵上酬七兄》：“烟中一线来时路。极目送，归鸿去。第四阳关云不

① （唐）沈佺期、宋之问：《沈佺期宋之问集校注》，陶敏等校注，中华书局2006年版。

② （唐）柳宗元：《柳宗元集》（卷42），中华书局1979年版，第1166页。

③ 同上书，第1146页。

度。山胡新啭，子规言语，正在人愁处。忧能损性休朝暮。忆我当年醉诗句，渡水穿云心已许。暮年光景，小轩南浦，同卷西山雨”①，张孝祥《念奴娇》其三：“朔风吹雨，送凄凉天气，垂垂欲雪。万里南荒云雾满，弱水蓬莱相接……狐兔成车，笙歌震地，归踏层城月。持杯且醉，不须北望凄切”，岭南凄冷的意象、恶劣的生活环境，让这些迁客逐臣倍感凄楚，每逢登高或送别友人必是怀远，这些诗人所作的诗歌都散发着浓烈的思归情怀，“白云”“归雁”“归鸿”等是他们怀念故乡常用意象，但更多的是用“望乡”“近乡”“音书”等直白的词语表达自己对怀归之情。还有秦观《宁浦书事六首》所言：“南土四时尽热，愁人日夜俱长。安得此身作石，一齐忘了家乡”，“身与枝藜为二，对月和影成三。骨肉未知消息，人生到此何堪”，张舜民《宣赦》中的“岭南并岭北，多少望归人”等，也都直接在诗歌作品中直截了当地表达自己想回归家乡的愿望。

遭遇贬谪的诗人在岭南所写的诗歌，大多以流放之悲愤和怀乡之情贯穿始终，当然也有受到广西当地民风民俗熏陶而写下关于广西当地风景、风俗的诗歌，如秦观的《江月楼》：“苍梧云气眉山雨，玉箫三年无今古。九天雨露蛰蛟龙，琅玕长凭清虚府”②，则描写了广西苍梧县雨中美景；同样，黄庭坚的《到桂州》：“桂岭环城如雁荡，平地苍玉忽嶒峨。李成不在郭熙死，奈此百嶂千峰何”③，这是黄庭坚到宜州上任途经桂林写下的诗歌，在这里，完

① 郑永晓：《黄庭坚年谱新编》，社会科学文献出版社 1997 年版。

② 徐培均：《秦少游年谱长编》，中华书局 2002 年版。

③ 郑永晓：《黄庭坚年谱新编》，社会科学文献出版社 1997 年版。

全看不出诗人遭遇贬谪后的失意、受挫之感，反而洋溢着诗人对桂林山水由衷的赞美。

◇◇第二节　宦游作家

宦游指的是古代士人为谋取官职，而远离家乡拜谒权贵、广泛交友的行为。如《汉书·地理志下》："及司马相如游宦京师诸侯，以文辞显于世，乡党慕循其迹"，宦游，在古时候也是文人出仕的一种快捷方式。这里的宦游作家是指由于升迁、徙转、注授等原因到广西地区任职的文人，他们任职于广西各地期间，有的在政治上有所成就，有的留下了诗文或题刻，为广西文学的发展做出一定贡献。先秦至明清，以宦游谋取官职的文人学士不在少数。在罗媛元《古代游宦诗人在广西桂东地区的文学书写》中就提到"清人汪森的《粤西诗载》收入自秦汉至明末游宦桂东的 88 名诗人在桂东创作且吟咏桂东的诗作 212 首"①，而在其《唐以来游宦诗人岭南书写的情感演变及因由》中就讲道：唐代时期，根据《全唐诗》和《全唐诗补编》的诗人，宦游岭南的就有 234 人，宋代时期宦游岭南的就有 405 人。广西因交通不便、地处偏远等原因，给文人学子的印象就是瘴疠、蛮荒之地，因此先秦至唐以前，来广西宦游的文人学士少之又少，唐宋之后开始增多，有的宦游诗人受到广西环境、人文风俗的熏陶，写下了许多诗歌，为其他人更好的认识广西

---

① 罗媛元：《古代游宦诗人在广西桂东地区的文学书写》，《河池学院学报》2010 年第 4 期。

做了较大的贡献。现将对广西诗歌创作有较大贡献的宦游作家，按朝代先后整理如下：

1. 上古至南北朝

舜，史称虞舜，《史记》：“舜年五十摄行天子事，年六十一践帝位。南巡狩，崩于苍之野，葬于江南九嶷，是为零陵。”北宋《太平寰（宇）记》载，舜南巡时到过桂林城北一座孤山，并游览了北麓的水潭。

颜延之，（公元384—456年），字延年，山东临沂人。南朝宋时人，与谢灵运并称“江左颜谢”。官至紫光禄大夫，于景平元年（公元423年）被贬斥到始安郡（郡治在今桂林）任太守。

2. 唐代

张九龄，开元十八年（公元730年）至十九年任桂州刺史兼岭南按察使。

元结，大历三年（公元768年）至四年为容管经略使。

戴叔伦，贞元四年（公元788年），起家授容管经略招讨处置使兼御史中丞。

张固，大中九年（公元855年）至十一年为桂管观察使。

张丛，咸通十三年（公元872）为桂管观察使。

李渤，宝历元年（公元825年）二月被贬到了岭南，任桂州刺史兼御史中丞，充桂管都防御观察使。

元晦，怀州河内（今河南沁阳）人，会昌二年（公元842年）出任桂管观察使。

李商隐，字义山，号玉谿生，怀州河内（今河南沁阳）人。大中元年（公元847年）应桂州刺史兼桂管防御观察使郑亚之聘，掌书记，任观察判官。

3. 北宋

柳开，宋太宗端拱间知全州，淳化元年（公元 990 年）知桂州。

陈尧叟，约宋太宗至道二年（公元 996 年），迁广南西路转运使。

梅挚，宋景祐元年（公元 1034 年）以殿中丞出知昭州（广西平乐）（《宋史》卷 298 记载：由知兰田上元县徙知昭州）。

陶弼，字商翁，永州（今湖南零陵）。先后任阳朔县主簿、柳州司理参军、阳朔县令、代理兴安县令，宾州、容州、钦州、邕州、顺州知州。

李师中，仁宗嘉祐三年（公元 1058 年），任广西提点刑狱、经略安抚使、转运使兼劝农使，在桂 4 年，颇有政声。

李彦弼，宋建中靖国元年（公元 1101 年）任桂州教授、推官，历任代知府、通判、桂州军。

章岘，福建浦城人。宋治平、熙宁年间（公元 1064—1077 年）先后任岭南西道提点刑狱、广南西路转运使，任期共约四年。遍游桂林、阳朔诸胜，多有题记。

曾布，字子宣，江西南丰人。官至宰相。元丰元年（公元 1078 年）以龙图阁待制知桂州兼广南西路经略安抚使。

刘谊，字宜父，号三茅翁，浙江吴兴人。宋元丰初任广西管勾常平，元丰二年（公元 1079 年）写《曾公岩记》，桂林冷水岩（即曾公岩）刻有他与曾布等人的唱和诗，龙隐岩、龙隐洞、风洞、还珠洞、水月洞、佛子岩等处有其题名。

张庄，徽宗崇宁五年（公元 1106 年）权发遣广西路转运副使公事，大观元年（公元 1107 年）知融州，同年底，权知桂州事。①

张洵，徽宗靖康元年（公元 1126 年）为广西路提点刑狱，与尚用之等有《蒙亭唱和诗》。②

4. 南宋

董弅，高宗建炎三年（公元 1129 年）至绍兴四年（公元 1134 年）为广西提点刑狱。

胡舜陟，高宗绍兴五年十二月至八年四月（公元 1135—1138 年），知静江府。绍兴十年五月至十二年十二月（公元 1140—1142 年），复知静江。绍兴十三年，以忤秦桧死于静江狱中。

沈晦，约绍兴八年五月至绍兴九年二月（公元 1138—1139 年）知静江府，绍兴十二年十二月至绍兴十五年（公元 1142—1145 年）复知静江府（见《南宋制抚年表》卷下）。

张孝祥，孝宗乾道元年（公元 1165 年）起知静江府，兼广南西路经略安抚使。

范成大，乾道八年（公元 1172 年）自中书舍人出知静江府、广西经略安抚使。

张栻，淳熙二年至淳熙五年（公元 1175—1178 年）起知静江府，兼广西路安抚经略使。

张埏（字叔信），宁宗庆元四年（公元 1198 年）除广西路提

---

① 桂林市文物管理委员会：《桂林石刻》（上册），桂林市文物管理委员会 1983 年版。

② 同上书，第 114 页。

点刑狱。①

方信孺，嘉定六年（公元1213年）任广南西路转运判官兼提点刑狱。在桂6年，为政清简。

5. 明代

解缙，明永乐五年（公元1407年）被贬广西，任布政使司右参议。在桂2年，诗作甚丰，堪称广西风物画卷。

徐问，字用中，常州武进人，著有广西风土诗四首。

6. 清代

阮元，字伯元，号云台，谥文达，江苏征仪人。清嘉庆二十二年（公元1817年）起任两广总督9年，政声斐然，他多次巡视广西，热爱八桂山水。

在前人总结的基础之上，唐代时期来到广西宦游并且对广西诗歌创作起了较大影响的诗人主要有：唐代8人，北宋11人，南宋8人，元明清时期因其文化政策以及宦游方向的不同，这几个时期来广西宦游的主要有3人。在“修身、齐家、治国、平天下”的儒家思想熏染之下，古代诗人心中都有入仕的抱负，“了却君王天下事，赢得生前身后名”，除了参加科举考试之外，宦游也是诗人入仕的一种捷径。宦游是诗人远离家乡，到异地他乡拜谒权贵以求得官职的一种旅游方式，因此在宦游诗人的诗歌中，大都始终贯穿着对广西绮丽山川的赞美之情。特别是对当地山水的描写，使越来越多的人得以认识广西的独特美景。另外，宦游诗人一般学识渊博，也许

---

① 桂林市文物管理委员会：《桂林石刻》（上册），桂林市文物管理委员会1983年版，第246页。

是他们一般的娱乐活动，也或者是为了促进广西文化的发展，他们在广西任职期间一是喜开辟岩洞并留下诗刻，二是修建书院或亭台楼阁。不管宦游诗人最初的出发点如何，但他们的这些举动在客观上促进了广西文化的发展。

一 赞美广西的秀美山川

宦游诗人与贬谪诗人同样远离家乡到边远地区为官，所以他们都具有恋乡思阙的情怀，但是宦游诗人的归思情绪，不同于贬谪诗人的归思情绪。由于宦游诗人与贬谪诗人的主动性不同，遭遇不同心态不同等原因，他们在面对同样的山水风景时，其创作灵感和创作态度也不相尽相同。如被贬谪来广西的诗人是被动来到广西的，所以他们的思归情绪相对于宦游诗人来说更加强烈和急切，因他们不知归期是何时；同样因心境的原因，这些贬谪诗人在描写山水时将自己的忧愁、怨意写入其中，所以有些贬谪诗人对广西贬所生活环境的恶劣描写确有夸张之嫌。虽然，远离家乡的宦游诗人与贬谪诗人一样具有羁旅行役、思归之情等，但是宦游诗人相对于贬谪诗人来说，他们负有教化、提高地方政治、文化的责任，具有一定的主动性，故宦游诗人一般比较注重自己的政绩，希望自己在担任官职期间能获得好的政绩。所以宦游诗人对广西民风民俗以及山水以赞美为主，且描写比较真实。如南朝颜延之称赞桂林独秀峰“未若独秀者，峨峨郛邑间”，唐代张固“孤峰不与众山俦，直上青云势未休”同样写出了独秀峰傲然兀立的气势。张九龄的《巡按自漓水南行》就描述了其对漓江山水的感受：“理棹虽云远，饮水宁有惜。况乃佳山川，怡然傲潭石。奇峰岌前转，茂树限中积。猿鸟声自呼，风泉气相激。目因诡容逆，心与清晖涤。纷吾谬执简，行部将移檄。即事聊独欢，素怀岂兼适。悠悠咏靡盬，庶以穷日夕。”①这是诗人泛舟桂林、漓江南行时所作，诗中将山川、潭石、奇峰相互交错的美景与其感受相结合，“奇峰岌前转，茂树隈中积”，描写了江边两岸峰峦叠嶂、古木参天，猿声、风声相激的美景，诗人诗中的漓江山水妙不可言，有声有色。又如唐代李渤的《留别南溪》“玄岩丽南溪，新泉发幽色。岩泉孕灵秀，云烟纷崖壁。斜峰信天插，奇洞固神辟。窈窕去未穷，环回势难极。玉池似无水，玄井昏不测。仙户掩复开，乳膏凝更滴。丹砂有遗址，石径无留迹。南眺苍梧云，北望洞庭客。萧条风烟外，爽朗形神寂”②，还有其《留别隐山》《南溪诗》以及李商隐的《桂林》：“城窄山将压，江宽地共浮。东南通绝域，西北有高楼。神护青枫岸，龙移白石湫。殊乡竟何祷，箫鼓不曾休”③，描绘了桂林独特的山城水域环境。这些诗歌都对广西的绮丽山川美景作了讴歌，这为当时的中原人士更好地认识广西做出了贡献。广西地处偏远，高山阻挡，交通不便，蛇虫鼠蚁多，给中原人士一直是“瘴疠之地”“蛮荒贬所”等形象，而宦游诗人对广西秀美山川的描写，正为人们全面认识广西提供了宝贵的参考资料。

---

① 彭定求点校：《全唐诗》，中华书局 2017 年版。

② 桂林市文物管理委员会：《桂林石刻》（上册），桂林市文物管理委员会 1983 年版，第 16 页。

③ 刘学锴、余恕诚：《李商隐诗歌集解》，中华书局 1988 年版。

二 开辟岩洞留诗刻

宦游诗人在广西所进行的文化活动之一便是开辟岩洞留诗刻。广西的桂林石刻种类繁多，有“唐碑看西安，宋刻看桂林”“北有西安碑林，南有桂海碑林”的说法，桂林石刻分布于各个风景名山洞府中，历史悠久，内容丰富，数量众多，桂林石刻以摩崖为主，其中宋代摩崖石刻数量、质量都居国内摩崖石刻之首。“粤西岩洞的人工开辟往往出于宦游诗人之力，宦游诗人闲暇之余于榛莽中寻得岩洞，即开荒拓径、命名题刻、引人游览、聚众宴会唱和等等”①，由此看来，桂林石刻之所以数目繁多，主要得益于宦游诗人的开发，如南朝颜延之在桂林任太守期间，政务之余，常登高望远，除了称赞独秀峰“未若独秀者，峨峨郛邑间”之外，他亦认为独秀峰下的岩洞“萧爽虚凉，可却烦暑”，经常到岩洞里边读书，被后人称为“读书岩”，后人还曾于唐代和宋代在读书岩前建了桂林学府和五咏堂②，这大概是宦游诗人对岩洞开发的最早例子。根据《桂林石刻》记载，唐代诗人元结就题有“水月洞”三字于右摩崖企象鼻山水月洞；唐代元晦有“四望山”题于“右摩崖四望山山脚”，并有《四望山记》；“叠彩山”题于“右摩崖叠彩岩口”，并有《叠彩山记》；唐代李渤也在桂林石刻上留下了诸多作品，如

① 钟乃元：《唐宋粤西地域文化与诗歌研究》，广西师范大学博士学位论文，2010年。

② 五咏堂：晋初有所谓“竹林七贤”：阮籍、嵇康、向秀、刘伶、阮咸、山涛、王戎。他写了一首诗《五君咏》，对后来成为权贵的山涛、王戎弃而不咏。后人黄庭坚手书的《五君咏》，刻碑置于堂内。堂、碑已无存，今桂林七星公园龙隐岩内有《五君咏》碑刻，是据清人重刻的拓本刻制。

《李渤吴武陵等八人隐山记》《南溪诗并序》《留别隐山诗》《南溪诗》以及李渤《题隐山六洞名》：“朝阳洞、南华洞、夕阳洞、北牖洞、白雀洞、嘉莲洞，分别题于右摩崖隐山六洞，各洞有隶属三字额”①。宋代柳开曾住进元风洞避暑，写有《玄风洞铭》，称此洞冬暖夏凉，能使人悠然自释，以至忘归终日；宋代李师中刻石于伏波山的《蒙亭记》，开头就说：“桂林天下胜，处兹山水，又称其尤。”刻石于龙隐岩的诗句又说道：“过江缘磴寻溪根，隐然绝壁天开门”。又如刘谊所作的《曾公岩记》，记述了与曾布、陈倩等人发现岩洞并为将其发展成观览名胜的经过：

> 以其余暇访寻桂之山水奇胜处，一日，率郡僚游所谓风洞者，纵步而东行，得一岩于榛莽间。岩之前有石为之门，屈曲而入，则流水横其中，碧乳垂其上，周环四视，其状如雕镌刻镂，殆出于鬼工，而不类于融结者也。公于是拂石求前人之迹，则未尝有至者焉。乃构长桥，跨中流而渡，以为游观宴休之处，且与众共乐之。自是州人士女，与夫四方之人，无日而不来。其岩遂为桂林绝观……邦人乐公之德政，而愿以“曾公”名其岩，以比甘棠之思。②

曾布与友人在游玩时发现这个岩洞未有来者，便搭构长桥，便于游人观赏、聚会，也引来其他诗人的赞叹，从此曾公岩便成为桂

① 桂林市文物管理委员会：《桂林石刻》（上册），桂林市文物管理委员会1983年版，第16页。

② （清）汪森：《粤西文载校点》，广西人民出版社1990年版。

林的一大旅游胜地。南宋刘克庄也曾在兴安的秦城遗址和乳洞各题七绝一首。《秦城》云："缺甓残砖无处寻，当年筑此虑尤深。君王自向沙丘死，何必区区戍桂林。"①《乳洞》云："千峰梦里向崔嵬，不记青鞋走几回。天恐锦囊尤欠阙，又添乳洞入诗来。"② 另外，除了这些宦游诗人，还有李涉、张栻、陶弼等人也是喜开辟岩洞，并且以岩洞为题材的诗作也是盛行一时。

三 修建亭台楼阁

亭台楼阁的修建，既有利于文人雅士宴集聚会，又有利于欣赏山水美景之人休憩，缓解舟车劳顿之苦，在歇脚的同时又能饱览群山美景。自古以来，修建亭台楼阁是他们来桂宦游的一大乐事。如元晦为桂管观察使期间，于叠彩山兴建了写真院、花药院、流杯亭、八角亭、越亭、齐云亭、销忧亭、歌台钓榭、石室莲池等建筑。并写下《叠彩山记》《四望山记》游记小作品，又刻石于山崖。自此，四望山、叠彩山成为游赏之地，多人都来此公私宴聚，或登临山顶远眺，以寄归思。又如李渤，唐敬宗宝历初，在府廓西延龄寺旁建隐仙亭；再如韦瓘，唐宣宗大中初，在桂州子城东北隅造碧浔亭："馆宇宏丽，制作精致，高下敞豁，冠诸亭院"③。如吴及在伏波山所建亭，名为蒙亭，北宋李师中在《蒙亭记》中：

> 桂林，天下之胜处，兹山水又秫其尤。而在城一隅，荒秽

① 傅璇琮：《全宋诗》，北京大学出版社1996年版。

② 同上。

③（唐）莫休符：《桂林风土记》，上海古籍出版社1987年版。

> 不治，若无人知者数千百年间，岂天秘地藏，不以示人噫！必有仁智者，然后能乐。盖性情自得之也。经略吴君……遂来殿方，既安边静民，而后及于此。师中览而壮之，又因斯民之乐，名其亭而系之以诗，诗曰：凡物之蒙，在人亦昧。既有见焉，其迹难晦。斯亭之成，景物来会。江山之胜，想与无际。凫鹭在水，或在于浔。中洲蒲莲，迤逦静深。岩壑沉沉，云气长阴。自公以暇，来燕来临。同民之乐，而无醉饱之心。①

从这可以看出，宦游诗人的修建亭台楼阁是为了造福当地人民，修建这些建筑一是为了方便诗人们宴会作文，二是供人们在游览之时歇脚避雨。“蒙”有遮挡之意，正如李师中说的“桂林，天下之胜处”，桂林山水绝佳，但是却是“在城一隅”，不轻易为人所识，发现这方山水美景之后，便修建一座“蒙亭”，以期与百姓共享山水之美，达到与民同乐的为政思想。

第三节　入幕作家

入幕是指幕宾被幕府主官延聘入官衙或营辕，以其知识与经验佐助主官，故这里所说的入幕诗人指受幕府主官延聘而入为僚佐的诗人②。幕府大致起源于春秋战国时期，汉代时期基本成型，至唐代成熟，并被大量运用。幕府又称“莲府”“花府”“莲花府”，起

---

① 莫休符：《桂林风土记》，上海古籍出版社 1987 年版。

② 本文所述的入幕诗人，参照钟乃元《唐宋粤西地域文化与诗歌研究》、戴伟华《唐方镇文职僚佐考》《唐代使府与文学研究》等著述。

源很早，幕府早期的原型应该是春秋战国时期的食客和养士之风。而关于幕府的出现最早记录在《史记》《汉书》中，如《史记·廉颇蔺相如列传》“李牧者，赵之北边良将也。常居代雁门，备匈奴。以便宜置吏，市租皆输入莫府（‘莫’通‘幕’），为士卒费”①，《汉书·李广传》：“大将军使长史持糒醪遗广，因问广，食其失道状，曰：‘青欲上书报天子失军曲折。’广未对，大将军长史急责广之莫府上簿”②。唐代时李唐王朝设立藩镇，形成了一套完整成熟的幕府制度，如明代胡震亨《唐音癸签》卷二十七云：“唐词人自禁林外，节镇幕府为盛，如高适之依哥舒翰，岑参之依高仙芝，杜甫之依严武，比比而是”，就说明了唐代入幕的盛况。虽然唐代的科举制为大唐王朝网罗了大量的人才，但是由于多种原因，并不是所有文人都能够入仕，此时进入幕府，得到幕府的推荐也是文人进入仕途的一种捷径。而且幕府入幕门槛较低，对于贤才之人以礼相待，并且俸禄优厚，有职有权，因此入幕成为那些及第进士与落第文人的优选之途，特别是到了唐代后期，朝廷政治动荡，党争激烈，文人入仕更是艰难，特别是“安史之乱”后，入幕成为燎原之势，官员几乎都有入幕的经历，有“十官九幕”的说法。虽然幕府发展由来已久，但是对于广西来说，唐代之后来广西入幕的诗人才逐渐兴盛起来，宋代达到顶峰。在前人的基础上，将到广西入幕并存有诗作的入幕诗人概况大致整理如下：

---

① （汉）司马迁：《史记》，韩兆琦评注，岳麓书社2010年版。

② （汉）班固：《汉书》，张永雷、刘丛注，中华书局2009年版。

1. 唐代

杨衡，贞元七年，为桂管观察使齐映幕从事。贞元八年，入岭南节度使薛珏幕。[①]

张说，武则天长安三年（公元703年）流钦州，中宗神龙元年（公元705年）年遇赦北归。

令狐楚，约贞元八年（公元792年）入桂管观察使王拱幕。

陆弘休，武宗、宣宗时任桂管从事。

戎昱，大历年间（公元766—779年），在桂入李昌巙幕府。

李商隐，大中元年（公元847年）至二年入桂管观察使郑亚幕。

胡曾，咸通初为高骈幕僚（高骈于咸通五年至七年间在合浦、邕州一带与征讨南诏）。

皮日休，约咸通间任容管经略推官。

2. 宋代

孔延之，仁宗庆历五年（公元1045年）前后为钦州军事推官，英宗治平二年（公元1065年）为广西转运判官。[②]

陈遘，徽宗崇宁五年（公元1106年）权发遣广西转运判官公事，与王祖道、张庄同时（参《桂林石刻》上册）。

杨损，徽宗宣和七年前后入广南西路经略司幕。[③]

---

① 陈伯海：《唐诗汇评》，上海古籍出版社2015年版。

② （明）张明凤：《桂胜》，广西人民出版社1988年版。

③ 据《桂林石刻》上册第116页《杨损尚安国等六人冷水岩游记》：“华阴杨损益老，来自都城，观桂林山水奇秀，叹未尝见……宣和七年，岁次乙巳，夏六月初十日书。”

曾几，高宗建炎三年（公元1129年）徙广西转运判官，绍兴初再任，绍兴八年前后迁广西转运副使。

胡仔（胡舜陟次子，以父荫补官），绍兴六年（公元1136年）为广西经略安抚司书写机宜文字，就差广西提刑司斡办公事。

徐梦莘（字商老），孝宗乾道年间授广南西路转运司主管文字，后知宾州。①

赵善政（字养民），淳熙元年（公元1174年）为广西转运判官，与范成大有唱和。②

陈藻，曾游历粤西桂州、融州等地，乾道九年（公元1173年）林光朝出为广南西路提点刑狱。陈藻曾经追随林光朝，并入其幕下。③

张釜，光宗绍熙四年（公元1193年）为广西转运判官。④

戴复古，曾游粤西，或入广西转运使陈鲁叟幕。

刘克庄，嘉定十四年（公元1221年）冬应广南西路经略安抚使胡榘之邀，到桂林任职。

3. 元代

郭思诚，元代淇州（在今河南北部）人，公元1335年来桂，任广西廉访司经历，编写《桂林郡志》。

---

① 《桂林石刻》上册第216页，有诗：《徐梦莘等十二人弹子岩题名》。

② 《桂林石刻》上册第187页《范成大郑丙等四人屏风岩题名》："转运判官赵善政。"

③ 《粤西诗载》卷十四陈藻《寄吴提干》："来寻八桂瓜期满，归访苍梧莲幕迁。"

④ 《桂林石刻》上册第234页《张釜桂林山水七咏诗》题跋："绍熙四年秋，丹阳张公来主饷事。"

雅琥，字正卿，元代可温人。后至元年间（公元1335—1340年）任静江府同知。曾作有《七星岩》诗。

4. 清代

汪森，康熙三十二年（公元1693年）出任桂林府通判，三十九年（公元1700年）调任太平府（在今崇左）通判，在广西共10年。著有《粤西诗载》《粤西文载》《粤西丛载》3部大型典籍。

根据以上总结，唐代之后来广西入幕的诗人主要有：唐代6人，宋代11人，元明清3人。在唐代，被大家所熟知的文学大家几乎都有入幕的经历，这一经历给他们的仕途带来很大的影响，如骆宾王入徐敬业幕府，以“宝剑存思楚，金椎许报韩”为志，但是最终落得个孑然飘零的下场；陈子昂入幕之后无限感慨，最终身辱志灭；李白入幕之后，长流夜郎，酿成人生悲剧。但也有不一样的，高适、岑参前往边塞入幕，给他们的仕途和诗歌带来极大的生机与活力。入幕诗人大多是落第文人，他们入仕无望，才无奈选择入幕。入幕诗人历尽漂泊，生活窘迫，有的本来不打算入幕，但是迫于生计等原因，只能选择入幕，如刘克庄就是这类诗人的代表。

来广西的幕僚诗人，多为寄居于此，他们的心态不同于贬谪诗人的哀伤和不甘，也没有强烈的思归之情，更没有强烈的北归之心，也不同于宦游诗人那么乐观的心态，他们在陪主府宴会时表达唱和的喜悦之情也只是根据场合随机应付罢了，有点强颜欢笑的意味。他们的心态不同，面对广西的山水肯定有着不同的感受。贬谪诗人偏向将广西描绘成“瘴疠之地”“蛇鼠横行”“蛮荒险崛”等异常恶劣、不适合人类居住的贬谪之地，而宦游诗人为了政绩、政声等原因，大力赞美广西的奇山丽水等；幕僚诗人寄居于桂，他没有哀婉的思归之愁，也没有负责一方政绩的责任，所以幕僚诗人相对于贬谪诗人和宦游诗人来说，描写广西的山水景物诗更显客观和冷静，他们对广西山水的感受往往就是他们当下的感受，如李商隐《即日》："桂林闻旧说，曾不异炎方。山响匡床语，花飘度腊香。几时逢雁足，著处断猿肠。独抚青青桂，临城忆雪霜。"① 这里李商隐就较为客观真实地描述了广西当地的气候，没有任何夸大之嫌。因此入幕诗人与贬谪、宦游诗人不同，他们在入幕之后所关注的不是思乡恋阙的问题，而是关注自己的发展，创作的诗歌大多是讥讽时政和写景咏物。入幕即席创作可视为诗人日常工作所需，属于日常宴会、集会必做之事；此外，入幕诗人也是远离家乡，来桂入幕，其思乡之意，在所难免。而写景咏物则是入幕诗人受幕府当地社会风俗和环境的熏染之后有感而发的创作，入幕诗人对当地的人文环境和风俗等描写和记述，大多是如实的。

一　入幕即席创作诗及思归诗

即席创作诗，顾名思义就是宴会之时，诗人即兴创作的诗歌以及幕主命题后诗人创作的诗歌。这种即席创作诗有的当众吟诵，达到助兴或烘托气氛的作用；有的则是私下赠人，达到相互交流、增进感情的作用。幕府聚会，入幕诗人必定陪酒献策，此时，幕主、幕友、诗人及宾客集聚一堂，创作诗歌不仅显露才情，更是拉近与幕友、宾客之间的距离，最关键的是可以得到幕主的关爱、提携。

幕府主持的宴会，席上坐的一般都是文雅之士，但也少不了能

① 刘学锴、余恕诚：《李商隐诗歌集解》，中华书局1988年版。

歌善舞的歌姬吟哦助兴，因此即席创作诗要能够适情合景，诗作要力求艳而不俗，典雅之余又带风趣，既要灵动鲜活，又要韵味十足，这样才能达到助兴的目的及引起幕主的关注。李商隐的即席创作诗就是这样典雅之余又带风趣的代表，如其《席上作》："淡云轻雨拂高唐，玉殿秋来夜正长。料得也应怜宋玉，一生唯事楚襄王"[①]。《李商隐诗歌集解》中原题下注："予为桂州从事，故府郑公出家妓，令赋高唐诗"，郑公即郑亚，公元847年，李商隐入桂管观察使郑亚幕。李商隐一生几乎都在幕府中度过，先后总共有8次入幕经历，来桂入郑亚幕是其第六次入幕。李商隐在生活窘迫之时，郑亚为他解了燃眉之急，因此李商隐十分感激郑亚，在桂入幕期间，为郑亚尽心尽力，这点从诗歌中亦可看出来。这首《席上作》，应情即景，将歌舞场面神化，以神女比喻家妓，以楚襄王喻郑亚，以宋玉自比，"一生唯事"表达了其对郑亚的忠心；这首诗语言典雅不落俗套，在助兴之余还可向幕主表达忠心之意。当然事实证明，李商隐确实得到了郑亚的重用，比如郑亚让李商隐为其联系郑肃之事等。而李商隐在桂入幕期间，为郑亚写下大量的诗文，甚至为郑亚亲自奔赴江陵；在郑亚灵柩运回长安之时，李商隐还写下《故骚迎吊故桂府常侍有感》一诗："饥乌翻树晚鸡啼，泣过秋原没马泥。二纪征南恩与旧，此时丹旐玉山西"，表达了对郑亚的怀念。即席创作诗歌，不仅是李商隐，也是入幕诗人经常遇到的事情。

入幕诗人，远在他乡，思乡情绪必不可免，但是入幕诗人的思

---

① 刘学锴、余恕诚：《李商隐诗歌集解》，中华书局1988年版。

乡情绪不同于贬谪诗人的思乡情绪般急切、抱有怨意等。入幕诗人，因仕途不顺。生活窘迫等原因，不得已于桂入幕，寓居桂林期间，思乡情绪比较淡，如李商隐《归思》：“固有楼堪倚，能无酒可倾。岭云春沮洳，江月夜晴明。鱼乱书何托，猿哀梦易惊。旧居连上苑，时节正迁莺”①，再如其《北楼》：“春物岂相干，人生只强欢。花犹曾敛夕，酒竟不知寒。异域东风湿，中华上象宽。此楼堪北望，轻命倚危栏”，这两首诗都写了自己身处异域之时对家乡的思念，有着淡淡的思乡之意。

二　写景咏物

入幕诗人对于广西的人文景观及生态景观的描写是比较真实的，描绘的都是诗人当时的所见所感。

一是如实描写当地的气候，如李商隐的《即日》：“桂林闻旧说，曾不异炎方。山响匡床语，花飘度腊香。几时逢雁足，著处断猿肠。独抚青青桂，临城忆雪霜”②，诗人未到桂林之前就听说桂林有“小长安”之称，且有“五岭皆炎热，宜人独桂林”的说法，今日到了桂林之后才知道其与炎方无异，且地方僻静多山，气候温暖，是一个独特的边城；其《桂林道中作》其一同样描述了桂林的气候：“地暖无秋色，江晴有暮晖。空奈蝉嘒嘒，犹向客依依。村小犬相护，沙平僧独归。欲成西北望，又见鹧鸪飞”③，前面四句讲述了桂林与众不同的气候，特别是与京城差异极大。刘克庄的

① 刘学锴、余恕诚：《李商隐诗歌集解》，中华书局 1988 年版。

② 同上。

③ 同上。

《即事·峤南气候异中州》："峤南气候异中州，多病谁令作远游。瘴土不因梅亦湿，飓风能变夏为秋。方眠坏絮俄敷簟，已着轻絺又索裘。自叹幻身非铁石，天涯岂得久淹留"，《风》："风于天地间，惟桂尤其雄。将由岩窍多，或是地形穹"。又如戎昱《桂州口号》："画角三声动客愁，晓霜如雪覆江楼。谁道桂林风景暖，到来重著皂貂裘"，桂林气候宜人，向来是比较温暖的，但是诗人戎昱来了之后才知桂林也需"著皂貂裘"。这几首诗中都涉及了广西的气候，也是比较符合广西的真实情况。

二是入幕诗人对广西当地风土人情的如实记录。如李商隐的《异俗》二首就真实地描绘了广西当地的风俗："鬼疟朝朝避，春寒夜夜添。未惊雷破柱，不报水齐檐。虎箭侵肤毒，鱼钩刺骨铦。鸟言成谍诉，多是恨彤幨。户尽悬秦网，家多事越巫。未曾容獭祭，只是纵猪都。点对连鳌饵，搜求缚虎符。贾生兼事鬼，不信有洪炉"①，描写了广西当地百姓的风俗，当地百姓以射虎捕鱼为生，以本地方言交流，且非常迷信，家家户户多信奉"越巫"等。又如其《昭州》："桂水春犹早，昭川日正西。虎当官道斗，猿上驿楼啼。绳烂金沙井，松干乳洞梯。乡音殊可骇，仍有醉如泥"②，昭州气候交错，道上可闻虎啸猿啼，诗人觉得当地的方言"乡音殊可骇"等，李商隐在记录、描绘这些风俗时，大多持冷眼旁观的态度。因此这些对当地风土民情的记录是比较真实的。另外，南宋陈藻的《客中书事》《题融州城楼》两首诗歌也都描写了广西当地百

---

① 刘学锴、余恕诚：《李商隐诗歌集解》，中华书局 1988 年版。

② 同上。

姓的风俗。如：

千载蛮风尚有存，此来闻见不堪论。朱膏泽发湘南妇，牛勃涂门岭右村。行客下床调瘴药，吏人抱瓮灌蔬园。岂无佳丽堪娱目，别有凄凉只断魂。（《客中书事》）①

除却谯楼环廨舍，萧条市井客怀悲。高高下下山无数，浅浅深深江有时。大布红裙猺女著，半规白扇野人持。城中昨夜亡羊豕，闻得谁家虎入篱。（《题融州城楼》）②

从这可以看出诗人对广西的“千载蛮风”是抱着冷眼旁观的态度，做到“此来闻见不堪论”，记述了广西当地少数民族的蛮风，如在《客中书事》描述妇女以猪油来滋养头发，村民用牛粪来涂门等奇怪的现象；在《题融州城楼》则记述了广西当地独特的穿衣风格“大布红裙猺女著，半规白扇野人持”，还描绘了半夜有猛虎入村民篱笆里边吃羊的恐怖场景。

三是入幕诗人对广西山水的描绘。广西有很多优美的自然景观，如奇山丽石，奇特怪美的岩洞等，入幕诗人来到广西之后，自然被这些风景吸引，写下许多以广西自然风光为题材的诗歌，如陈藻的《真仙洞》就描写了广西融州的真仙洞：“洞里清溪可泛舟，入观洞府出高丘。老聃尸解今还在，黄帝生前有此不。滴乳解添无

① （清）汪森：《粤西诗载校注桂林》，广西人民出版社 1988 年版。

② 同上。

数幻，携灯何用不曾幽。乾坤自大人身小，拳石空中作胜游”①，还有其《融州西楼望山》：“西楼门外数峰青，合看芙蓉展看屏。回首东郊晴日出，千人跃马上天庭”，描绘了诗人在融州西楼上看到的优美景色。此外，诗人的《冬日融州绝句》《融州东楼》《题静江》等诗歌，都描绘了广西自然山水的美丽景观。总体来看，入幕诗人对广西的风土人情的记录还是比较客观真实的，他们入幕期间留下的诗歌，对我们了解当时广西独特的风土人情以及生态环境有着很大的帮助。

第四节　云游作家

站在文学地理学的角度上看，广西独特的生态环境和人文环境为诗人的创作提供了独特的灵感。除了贬谪诗人、宦游诗人以及入幕诗人之外，还有那些受广西独特风景吸引而来广西游玩的诗人，以及来广西探望友人的诗人。来到广西之后，广西特有的环境影响着这些诗人的创作，因此来广西游玩以及探望友人的诗人被称为云游作家。以下将来广西游玩并为广西诗歌的创作做了一定贡献的诗人整理如下：

1. 唐代

张籍（公元768—830年），字文昌，东郡（今河南濮阳）人，22岁起漫游各地，到过岭南，留下《蛮中》《岭外逢故人》等关于广西的诗歌。

---

①（清）汪森：《粤西诗载校注》，广西人民出版社1988年版。

罗隐，公元858年离蜀南游，在广西多地均留有遗迹。

莫休符，唐光化年间（公元898—901年）游寓桂林，后出任融州刺史，著有《桂林风土记》。

2. 宋代

范寥，公元1105年3月，溯大江，历滥浦，舍舟于洞庭，取道荆湘，以趋八桂，至乙酉三月十四日，始达宜州，访黄庭坚。

戴复古，公元1236年春，游广西，访陈汶。

3. 元代

刘志行，元代江西人，知镡津（在今广西藤县），工吟咏，著有《梅南集》。其咏桂林八景诗写得甚优美。

4. 明代

徐霞客，明崇祯十年（公元1637年）闰四月初七入桂，在广西游历1年。《徐霞客游记》共60余万字，其中在广西的记录达21万字。

5. 清代

袁枚，乾隆元年（公元1736年）春，来桂林探望任广西巡抚金鉷幕僚的叔父，写有《游栖霞寺望桂林》等诗篇，独秀峰和风洞留有诗刻。

曹秀先，字芝田，号地山，江西南昌人，乾隆二十三年（公元1758年）六月十六日游览桂平西山后作《游西山记》。

李秉礼，江西临川人，曾寄寓桂林，常于其湖西庄（在榕湖西岸）集骚人墨客登高泛舟，宴游赋诗。袁枚游桂林时与之相交甚欢，对他甚为推重。

李秉绶，原籍江西临川，曾寓居桂林。作有《李芸甫杂卉十六叶》，为桂林市地方史志总编室所珍藏。叠彩山风洞、伏波山还珠洞、虞山韶音洞、普陀山七星岩口，各刻有他画的兰竹两幅，至今尚存，是桂林石刻画中之珍品。

张宝，江南上沅（今南京）人，清道光七年（公元 1827 年）游览桂林山水，著有专辑——《漓江泛槎图》。

康有为，3 次寓居桂林，第一次是清光绪十年（公元 1884 年），第二次是光绪二十年十二月（公元 1895 年初）来桂林。第三次是光绪二十三年（公元 1897 年）元月十日来到桂林。

以上来广西云游的诗人唐代 3 人，宋代 2 人，元代 1 人，明代 1 人，清代 6 人。当然来广西云游的诗人有很多，这里只是挑选了较有代表性的几个诗人来具体分析。云游诗人的心态，不同于贬谪诗人、宦游诗人及入幕诗人，他们来到广西就是单纯的游玩或者探望亲友，因此他们的诗歌创作题材是以广西的自然风光为主。

来桂云游的诗人，心中充满了对广西山水的热爱，因此他们笔下的广西山水别具一格。云游诗人对广西山水的赞美以桂州最为突出，如唐代张籍游广西时就留下关于桂林临桂的诗歌："旌旗过湘潭，幽奇得遍探。莎城百粤北，荇路九疑南。有地多生桂，无时不养蚕。听歌难辨曲，风俗自相谙"①。又如宋代戴复古的《观静江山水呈陈鲁叟漕使》："桂林佳绝处，人道胜匡庐。山好石骨露，洞多岩腹虚。峥嵘势相敌，温厚气无馀。可惜登临地，春风草木疏"②，写出了桂林山水的俏丽，以及山奇、石丽、岩洞多等特点，

---

① 张籍：《张籍诗集》，中华书局 1959 年版。

② （宋）戴复古：《石屏诗集》卷一。

还点明了桂林气候温和的特点，最后一句“春风草木疏”又给人以无限的想象空间。不仅如此，戴复古不仅游览桂林山水，而且喜游赏广西的岩洞，还留下一首岩洞诗《玉华洞》：“忆昨游桂林，岩洞甲天下。奇奇怪怪生，妙不可模写。玉华东西岩，具体而微者。神功巧穿凿，石壁生孔罅。玲珑透风月，宜冬复宜夏。中有补陀仙，坐断此潇洒。空山茅苇区，无地可税驾。举目忽此逢，心骇见希诧。题诗愧不能，行人亦无暇”①，这首诗描述了广西“岩洞甲天下”，岩洞形状奇奇怪怪，妙不可言，游览岩洞的人络绎不绝。清代袁枚游玩广西时，留下的诗歌也以桂林山水为题材的诗歌居多，如其《同金十一沛恩游栖霞寺望桂林》：“奇山不入中原界，走入穷边才呈怪。桂林天小青山大，山山都立青天外”②，《登独秀峰》：“来龙去脉绝无有，突然一峰插南斗。桂林山形奇八九，独秀峰尤冠其首。三百六级登其巅，一城烟火来眼前。青山尚且直如弦，人生孤立何伤焉”③，此外还有其《由桂林溯漓江至兴安》《从端州到桂林》《游栖霞寺望桂林》等，都详尽地描写了桂林的山水风光。

---

① （宋）戴复古：《石屏诗集》卷一。

② （清）袁枚：《袁枚诗选》，人民文学出版社 2009 年版。

③ 同上。

第二章

历代寓桂文学作品梳理

◇◇第一节　羁旅行役

羁旅行役诗的创作源头，可追溯到《诗经》，如《诗经·君子于役》“君子于役，不知其期。曷至哉？鸡栖于埘。日之夕矣，羊牛下来。君子于役，如之何勿思！君子于役，不日不月。曷其有佸？鸡栖于桀。日之夕矣，羊牛下括。君子于役，苟无饥渴”①，羁旅行役诗作在唐宋时走向兴盛，这与唐宋的特殊的社会情况有关。晚唐和宋末时期，社会政治动乱，党争激烈；科举制度下的官场和科场风气败坏，文人学子的入仕机会大不如前，或有侥幸金榜题名，也免不了陷入贬谪、出使的困境，因此文人学子为了生存和立身只好奔赴四方，选择宦游、入幕、干谒等。而具有“瘴疠、魑魅”之称的岭南就是唐宋时期流放、贬谪文人的重要之地，这些文人久居异乡，不停地贬谪、调任、干谒等，他们漂泊无依，生活异常窘迫，精神困顿，归期未知，因此他们容易触景伤情，有感而

① 余冠英选注：《诗经选》，人民文学出版社 1979 年版。

发，进而产生羁旅行役诗。唐宋至明清，粤西诗载中记载关于粤西的羁旅行役诗占的比重是比较大的，保守统计就有120多首。

唐宋至明清时期，广西一直是远离政治中心、民风剽悍的边陲地区，是闭塞落后、魑魅之乡、瘴疠之地的代名词。被贬谪来此或途经此地的文人学子大都怀有一种从天堂到“地狱”的落差感，他们看到广西异于中原王畿的山水景色，加上心中被贬谪的愤懑之感，油然而生出羁旅行役之作。如宋之问流钦州时途经桂林作的《桂州三月三日》：“代业京华里，远投魑魅乡。登高望不极，云海四茫茫”①，宋之问认为广西就是“魑魅乡”，迷雾缭绕，远离京城；在其《登逍遥楼》“逍遥楼上望乡关，绿水泓澄云雾间。北去衡阳二千里，无因雁足系书还”②，也讲述了广西距离京城之远，地处偏远，音讯难知，“无因雁足系书还”表达了其对家乡的思念。羁旅愁绪多，行役人更苦，沈佺期长流驩州途中过容州鬼门关之时写下《入鬼门关》：“昔传瘴江路，今到鬼门关。土地无人老，流移几客还。自从别京洛，颓鬓与衰颜。夕宿含沙里，晨行冈路间。马危千仞谷，舟险万重湾。问我投何地？西南尽百蛮”③，从这首诗来看，沈佺期对此次贬谪几乎是绝望的，诗中贯穿着绝望和怨恨，由此发出了“土地无人老，流移几客还”的感叹，归期未知，环境恶劣，仿佛到了天地尽头的感觉。同样是贬谪诗人的柳宗元，被一贬再贬之后，到柳州赴任后写下“岭树重遮千里目，江流曲似

---

① （唐）沈佺期、宋之问：《沈佺期宋之问集校注》，陶敏等注，中华书局2001年版。

② 同上。

③ 同上。

九回肠。共来百越文身地，犹自音书滞一乡”的诗句，同样倾诉了广西的环境恶劣以及远离京城，思念家乡之情。不仅贬谪诗人有羁旅行役之感，入幕、宦游诗人同样将广西视为“边陲小城”而抒发漂泊无依之感。李商隐在桂林郑亚幕期间所作的诗歌《北楼》将广西描绘成“异域”：“异域东风湿，中华上象宽”。同样，戎昱李昌巎幕府期间，也将广西形容成远在天涯般的边远小城：“二年随骠骑，辛苦向天涯”，还在其《桂州岁暮》中认为自己是“岁暮天涯客”。无独有偶，南宋诗人陈藻在桂追随林光朝出为广南西路提点刑狱时，也将广西称为“天涯”：“天涯无伴只思渠，知在杭州有故庐。闽岭秋空翔一鹗，融江夏日煮双鱼”（《东宁初夏得叔达书自都下来言去秋与乡荐寻闻下第想就试上庠赋诗寄之》），在其《融州望乡》中也写出了广西与京城的距离是多么遥远：“故国来来八十程，登楼迷却桂州城。”

这些贬谪、入幕和宦游诗人远离京城，一路走来舟车劳顿，加之远离京城、远离亲人，归期无望，仕途迷茫；此时又看到广西河道弯曲，群山连绵高耸，多是悬崖峭壁等恶劣的自然环境，心中难免产生强烈的孤独和怨愤之感。此情此景，诗人自然是通过猛烈抨击广西恶劣艰险的自然环境来表达自己南迁之后强烈的孤独感、恐慌感，以及表达自己被政治中心抛弃的哀伤之感。因此这些诗人在广西留下的羁旅行役诗，大多是通过描绘广西山水来寄寓自己被流放或南迁的悲凉伤感之情。

◈第二节　送别旧人

唐宋至明清，随着广西与中原王畿各个城市联系越来越密切，来往广西的文人墨客也相应增多，这些文人墨客或来广西入幕、宦游、云游，或探望亲友，或被贬谪至此，他们远离家乡来到广西，与亲友离别之际，亲友总会亲作一首或几首送别诗以表祝福之意；来桂之后，与桂州的幕府、幕友或者宾客等也有送别诗歌，由此自然产生大量的送别诗。关于广西送别诗的数量，钟乃元《唐宋粤西地域文化与诗歌研究》总结过："据粗略统计，唐五代有关粤西送别诗约50首，宋代则有近200首"，由此可知，唐宋两代关于广西的送别诗数量将近250首，若加上元明清三代关于广西的送别诗，唐至明清关于广西的送别诗数量则是异常庞大的。关于广西的送别诗，大致可分为：亲友送别来桂诗人的送别诗，来桂诗人在桂所作的送别诗。

一　送别来桂诗人的送别诗

诗人在京城或者其他地方送人往桂州为官或入幕时，一般也会产生送别诗，此时的送别诗是充满着对去桂诗人的祝福，不言离别伤感；此外诗中一般都是夸赞桂州的风景或者是桂州风俗。韩愈送严谟到桂州为官时，作了《送桂州严大夫同用南字》："苍苍森八桂，兹地在湘南。江作青罗带，山如碧玉篸。户多输翠羽，家自种黄甘。远胜登仙去，飞鸾不假骖"[①]，首句紧扣桂林之得名原因是

① 韩愈：《韩愈全集校注》，屈守元、常思春主编，四川大学出版社1996年版。

"苍苍森八桂"，其位于湘南，次联将桂林之江比作"青罗带"，江山比作"碧玉篸"，而且认为桂林物产异常丰富，诗人极力地描绘了桂林的奇异秀美，甚至有神往之感；尾联回到送别主题，诗人认为严大夫此次桂林之行，虽然不"假骖飞鸾"，但是"远胜登仙去"，韩愈在这首诗中对严大夫桂林之行充满了羡慕和祝福之感。张籍《送严大夫之桂州》同样讲述了桂州的绮丽山水景色："旌旆过湘潭，幽奇得遍探。莎城百越北，行路九疑南。有地多生桂，无时不养蚕。听歌疑似曲，风俗自相谙"①，同样白居易的《送严大夫赴桂州》、王建的《送严大夫赴桂州》，这四首诗都是送别严大夫来桂为官的作品，都从不同角度来盛赞桂林的山水美景以及桂林丰富的物产，充满了对友人的祝福和安慰。另外还有张栻送其外甥和从弟前往桂林之时写的《送甘甥可大从定叟弟之桂林》："人言桂林好，颇复类中州。近郊多胜概，雉堞冠层楼。待渠幕府暇，时与同冥搜"②，也是称赞桂林美景的。杜甫的《寄杨五桂州谭》："五岭皆炎热，宜人独桂林。梅花万里外，雪片一冬深。闻此宽相忆，为邦复好音。江边送孙楚，远附白头吟"，盛赞桂林"宜人"居住，气候温和。王维的《送刑桂州》、李频的《赠桂林友人》、王昌龄的《送高三之桂林》《送任五之桂林》等都从不同侧面描写了桂林的风景或风俗，表达了对来桂诗人的祝福和安慰等。此外这类送别诗除了表达对来桂为官之人的祝福之外，

---

①（唐）张籍：《张籍诗集》，中华书局1959年版。

②（宋）张栻：《张栻集》，杨世文点校，中华书局2015年版。

还有表达对来桂之人的同情，如张籍《送南迁客》：“去去远迁客，瘴中衰病身。青山无限路，白首不归人。海国战骑象，蛮州市用银。一家分几处，谁见日南春”，表达了对迁客何时归来的担忧以及对诗人南迁遭遇的同情。

二 在桂所作的送别诗

来桂诗人在桂所作的送别诗一般充满着在异乡生活的苦涩，以及对友人离别的苦涩之情，因此来桂诗人在桂所作的送别诗都是寄托着自己身在异乡的无限哀愁。如张说被贬谪到钦州之后写下的《南中送北使二首》：

> 传闻合蒲叶，曾向洛阳飞。何日南风至，还随北使归。红颜渡岭歇，白首对秋衰。高歌何由见，层堂不可违。谁怜炎海曲，泪尽血沾衣。待罪居重译，穷愁暮雨秋。山临鬼门路，城绕瘴江流。人事今如此，生涯尚可求。逢君入乡县，传我念京周。别恨归途远，离言暮景遒。夷歌翻下泪，芦酒未消愁。闻有胡兵急，深怀汉国羞。和亲先是诈，款塞果为雠。释系应分爵，蠲徒几复侯。廉颇诚未老，孙叔且无谋。若道冯唐事，皇恩尚可收。①

张说本身就是被贬谪至广西的迁客逐臣，面对北归的使臣，“何日南风至，还随北使归”，联想到自己何时才能随着北使一起回

① 张说：《张说集校注》，熊飞注，中华书局 2013 年版。

到家乡，此情此景心中难免悲伤，只能借着送别诗来抒发自己归期未知的无奈和落寞之感。张说《岭南送使》中“秋雁逢春返，流人何日归”，《岭南送使二首》中“狱中生白发，岭外罢红颜。古来相送处，凡得几人还”[①]，都借送别诗抒发了自己在广西的孤独伤感，渴望像北使一样北归的愿望。李师中在桂期间作的《送桂州安抚余靖侍郎还京》其一：“拜命南来得老臣，肃将庙略制妖氛。淮西将吏尊儒帅，并土儿童认使君。新赐锦衣光照日，旧行棠树茂如云。应怜孤宦潮阳守，憔悴无人与上闻”[②]，诗人在这首诗里情感比较复杂，一是为友人余靖得以还京感到由衷的开心，并且不断地赞美余靖取得的功绩，也为他明朗的前途感到开心；二是联想到自己与友人本是同在这“魑魅”之乡艰难度日的，如今友人得以离开这泥淖之地，却不知自己何时才能脱身，加之友人离开后自己又要孤单地在这瘴疠之地生活，此时诗人心中对归期未知的苦涩和对友人离去的不舍交织在一起，情感复杂难述。又如范成大来桂之后作的《送唐彦博宰安丰兼寄呈淮西帅赵渭郎中》以及陶弼的来桂后作的《送临桂令戴若纳出岭》等都夹杂着复杂感伤的送别情怀，带有浓重的苦涩之感。又如柳宗元于柳州送别舍弟时所作《别舍弟宗一》：

零落残红倍黯然，双垂别泪越江边。一身去国六千里，万死投荒十二年。桂岭瘴来云似墨，洞庭春尽水如天。欲知此后

---

① 张说：《张说集校注》，熊飞注，中华书局 2013 年版。

② （宋）李师中：《珠溪诗集》。

相思梦，长在荆门郢树烟。[1]

柳宗元被再贬柳州之后，其从弟柳宗直和柳宗一也一同前往，但是到柳州之后，柳宗直因病去世，宗一要离开柳州去江陵；临别之际，柳宗元回想这十几年的风雨坎坷，历尽艰辛，孤身漂泊异地，远离亲人，此次同来的两个弟弟一死一别，瘴疠之地生活艰苦，也不知何时是归期，更想到此次离别不知何时再见，不由得凄然伤感，挥笔写下这首诗为宗一送别。“零落残红倍黯然，双垂别泪越江边”，诗中字字带泪泣血，表达对宗一的不舍之情以及对前途迷惘的无奈之感。

不管是送别北使还是送别友人，诗人身为迁客逐臣之一，难免悲喜交加，感慨万千。喜的是对为北归的友人由衷的祝福，悲的是不知何时才能与送别之人相见，同时也因自己还要继续在他乡漂泊而心生悲凉。漂泊异地、远离亲人、归期未知，面对送别的场景，诗人总是倍感凄凉。

第三节　寄赠酬唱

寄赠酬唱诗是诗歌中常见的主题，随着交通的发达，南来北往的文人学子增多，许多文人就托过往的行客捎寄诗歌给远方的亲人或者朋友。在古代，许多诗人文人之间便通过这种方式来深化与亲

---

① （唐）柳宗元：《柳宗元诗集笺释》，王国安笺释，上海古籍出版社 2007 年版。

友之间的感情。特别是被贬谪至广西或者来到广西宦游、入幕的诗人，他们身处异乡，远离亲朋好友，总会滋生孤独、失落之感；此时若是想与友人沟通联系，一般都是通过寄赠酬唱的方式，从而产生了一些与广西相关的寄赠酬唱诗歌。

寄赠酬唱诗产生的情况可大致分为如下几类。

其一是寓桂诗人在途中遇见北归的使者，借托使者为家人捎带音讯。如沈佺期贬谪驩州途经广西之时，偶遇北使北归，于是有《寄北使》等诗，其作诗的缘由在《寄北使》并序中也谈道："长安三年，自考功郎中拜给事中，非才旷任，意多惭沮。尝览文章，间有缘情之作。明年献春下狱，未及尽此词，被放南荒，行至安海，五月二十四日遇北使，因寄乡亲"①，这首寄赠酬唱之作，不仅寄托了自己思念亲人之情，还表达了自己被贬谪的委屈，抒发了心中的郁闷。又如柳宗元在柳州为官时也是通过北归的使者给家里人寄赠诗歌，其《铜鱼使赴都寄亲友》："行尽关山万里馀，到时闾井是荒墟。附庸唯有铜鱼使，此后无因寄远书。"

其二是寓桂诗人之间互赠酬唱。如柳宗元《酬徐二中丞普宁郡内池馆即事见寄》："鹓鸿念旧行，虚馆对芳塘。落日明朱槛，繁花照羽觞。泉归沧海近，树入楚山长。荣贱俱为累，相期在故乡。"②柳宗元与徐某都是在广西这个异地为官，他们均是渴望北归，两个异乡人，此时只能通过诗歌来诉说自己的苦闷和孤独，借以慰聊，

---

① （唐）沈佺期、宋之问：《沈佺期宋之问集校注》，陶敏等注，中华书局2001年版。

② （唐）柳宗元：《柳宗元诗集笺释》，王国安笺释，上海古籍出版社2007年版。

并且在诗中相期“故乡”。另外柳宗元与这个徐某还有这首《桂州北望秦驿手开竹径至钓矶留待徐容州》寄赠诗，可见他们之间常有诗歌往来，诗歌中亦体现了他们之间的交情颇深。同在广西为官诗人之间的寄赠酬唱还有许多，如陶弼在广西所作的《再过阳朔寄人》《寄阳朔尉辅臣》《寄阳朔父老》，以及张孝祥《过灵川寄张仲钦兼赠王令尹》，刘克庄《发湘源驿寄府公》等，这类诗歌也是比较多，在这里就不一一列举了。除了寓桂诗人之间的寄赠酬唱之外，还有途经广西的诗人给寓桂诗人的寄诗，以及寓桂诗人的回寄等，如柳宗元的《酬曹侍御过象县见寄》，是曹侍御过柳州时寄诗柳宗元，故柳宗元回之以《酬曹侍御过象县见寄》。

其三是寓桂诗人与外地诗人之间的寄赠酬唱，此类诗歌数量最多。最典型的就是柳宗元与刘禹锡之间的寄赠酬唱。如柳宗元的《叠前》《叠后》《答刘连州邦字》《重赠二首》《殷贤戏批书后寄刘连州并示孟崙二童》等诗歌，刘禹锡有《答前篇》《答后篇》《谢柳子厚寄叠石砚》《酬柳柳州家鸡之赠》等。此时的刘禹锡被贬谪至广东连州，同样的遭遇，同样的寄居他乡，使得这两个寓居他乡之人有共同的话语，经常互相寄诗。除了和刘禹锡的寄赠酬唱之外，柳宗元与户部侍郎杨于陵也有酬唱之作：《闻彻上人亡寄杨侍郎丈》，与郴州刺史杨于陵的酬唱之作：《杨尚书寄郴笔知是小生本样令更商榷使尽其功辄献长句》，与周韶州也有酬唱之作《柳州寄丈人周韶州》等。除了柳宗元之外，寓桂诗人如黄庭坚也有许多寄赠酬唱的诗歌，如《以椰子茶瓶寄德孺二首》《寄黄龙清老三首》《赠法轮齐公》《和范信中寓居崇宁遇雨二首》等都是他与友人之间寄赠酬唱留下的诗歌。另外如李商隐、宋之问、沈佺期等也有很多寄赠酬唱之作。

总之，随着交通的便利，南来北往的使者文人的逐渐增多，广西与中原各地联系的逐渐加强，寓桂诗人通过寄赠诗歌与广西及外地的亲友联系愈加紧密。寓桂诗人在寄赠酬唱诗中或抒发着寓桂的孤独和艰苦，或诉说对亲友的思念，或友人之间相互慰聊等，这是寓桂诗人舒缓内心郁闷的方式之一。

第四节　山水岩洞诗

广西是典型的喀斯特地貌，奇峰林立，山清水秀，岩洞千奇百怪，因此很多寓桂诗人被广西的奇山丽水所吸引，从而创作出许多以广西山水、岩洞等自然风光为主题的山水诗。广西的岩洞千奇百怪，吸引无数的寓桂诗人前去参观，还有的寓桂诗人特意去探寻岩洞，并给岩洞命名，如曾公岩等，因此广西的岩洞诗数量特别突出。关于广西山水诗的数量，钟乃元《唐宋粤西地域文化与诗歌研究》中说道："唐宋粤西诗里山水诗所占的比重是最多的，保守统计有 300 多首，其中岩洞诗就有 190 余首"，根据钟乃元的总结，仅唐宋时期，保守估计就有 300 多首，那唐宋至明清的山水诗数量，无疑是一个庞大的数目。总之，广西的山水诗数量繁多，山水诗中又以岩洞诗数量最多。

一　山水诗

寓桂诗人以广西的山、水为主题的诗歌，数量亦是繁多。广西最吸引人的山水便是桂林的山水，因此桂林山、水是被寓桂诗人吟咏最多的，也是最出名的。如在《大比宴享即席劝驾诗》一诗中，就盛赞桂林的山水“桂林山水甲天下，玉碧罗青意可参”，由此桂林山水甲天下一直被传颂至今。桂林山被吟咏最多的应是独秀山、漓山、西山、伏波山、叠秀山等，关于独秀山的奇崛险丽的描写，南朝颜延之就曾这样描写独秀峰：“未若独秀者，峨峨郛邑间”，唐代诗人张固的《独秀山》：“孤峰不与众山俦，直入青云势未休。曾得乾坤融结意，擎天一柱在南州”①，这两个诗人都栩栩如生地写出了独秀峰的陡峭高俊以及“南天一柱”雄伟气势。又如刘克庄的《登独秀峰》：“来龙去脉绝无有，突然一峰插南斗。桂林山形奇八九，独秀峰尤冠其首。三百六级登其巅，一城烟火来眼前。青山尚且直如弦，人生孤立何伤焉。”亦写出了独秀峰绝无仅有气势。除了桂林的山之外，梧州的隐山也是诗人吟咏的对象，如寓桂诗人李渤的《留别隐山》“如云不厌苍梧远，似雁逢春又北归。惟有隐山溪上月，年年相望两依依”②，李渤对梧州隐山也赞扬有加，甚至有不舍之感。元代诗人吕思诚的《桂岭晴岚》也是将桂林的山峰描写得气象万千、美不胜收。除了以上列举的山之外，还有柳州的屏山、鱼峰，玉林的独秀峰、都桥山等，都是寓桂诗人吟咏的对象，这些山都以奇秀出名，各有特点，从而成为寓桂诗人的创作素材。

广西的山奇秀险丽，别有特色，广西的水更是俊逸灵动，别具一格。如韩愈《送桂州严大夫》中对桂林之水的描写：“江作青罗

---

① （明）张鸣凤：《桂胜桂故》，杜海军、闫春点校，中华书局2016年版。
② 同上。

带”，刘克庄《簪带亭》中：“一水抱城流”，这都是对桂林之水奇绝的赞美。章岘的《和李昇之夜游漓江上》“月雾空蒙萤照水，霜风萧瑟鹭眠沙”，描绘了漓江水的别致灵动之感。范成大的《六月十五日夜泛西湖，风月温丽》：“波纹挟月影，摇荡舞船窗……棹夫三弄笛，跳鱼翻素光。我亦醉梦惊，解缨濯沧浪”①，描绘了桂州西湖月下空明、宁静的美景。再来看看袁枚笔下的漓江：“江到兴安水最清，青山簇簇水中生。分明看见青山顶，船在青山顶上行”②。(《由桂林溯漓江至兴安》）这首诗堪称描写漓江美景的代表作之一，山之美景，倒影在江中，清影显水清，水清知景美，山水互相交错，虚虚实实，使得诗人的旅途妙趣横生。

桂林山水向来受到寓桂诗人的追捧和热爱。唐宋至明清，寓桂诗人对广西山水的描写不胜其数，特别是对广西桂林山水的吟咏最为突出，如宋之问、韩愈、张九龄、柳宗元、李商隐、黄庭坚、范成大、刘克庄、张孝祥、方信孺等大诗人都吟咏过广西的山水美景，留下不少千古佳作。如张孝祥的：“江山好，青罗带，碧玉簪。平沙细浪欲尽，陡起忽千寻”，这是张孝祥收集前人诗句，所作的《水调歌头·桂林集句》，还有康有为在《泛漓江到桂林》诗中写道：“吾行半天下，佳境此为极”。此外还有“桂林山水甲天下”，“五岭皆炎热，宜人独桂林”等千古名句。

---

① 范成大：《石湖诗集》（影印文渊阁四库全书第1159册），上海古籍出版社1987年版。

② 袁枚：《袁枚诗选》，王英志选注，人民文学出版社2009年版。

二 岩洞诗

广西因其独特的地貌，有着各式各样的岩洞，洞中多灰白石乳，景色别致，如龙隐岩、灵川岩、真仙岩等。故岩洞常成为寓桂诗人创作诗歌的题材，并且留下大量的作品。

广西岩洞最多、分布最为密集的大概是桂林了。首先，这大概与其特有的地貌有关，桂林石灰岩地貌分布广泛，流水长期侵蚀便形成岩洞或者溶洞。其次，唐至明清，桂林是广西的政治中心，南来北往的诗人，特别是寓桂诗人途经桂林或者是寓居于桂林的比较多；寓居于桂林的诗人，常常结伴出游，找寻岩洞，并为之命名、作诗，或者刻诗或字于岩洞之中，久而久之，岩洞成为一个风景名胜区。如南朝颜延之经常在独秀峰下的岩洞读书，被后人称为读书岩，还有刘谊所写的《曾公岩记》，记录了与曾布发现桂林冷水岩（即曾公岩），并作诗唱和，由此这里成为一个风景名胜之地。除了桂林之外，如融州的真仙洞，容州的勾漏洞、都峤诸山岩洞等等，都是广西较有名并且被赋诗较多的岩洞。

寓桂诗人以岩洞为题材的诗歌，主要是直接描写岩洞或是借描写岩洞来抒发自己内心的感情。如曾布《和陈倩游曾公岩韵》："从事区区厌独贤，寻幽深入翠微间。旋开榛莽东郊路，偶得神仙旧隐山。都峤三天临瘴水，灵岩十里接溪蛮。何如咫尺邻风穴，杖履时时一往还。"① 又如陈藻的《真仙洞》："洞里清溪可泛舟，入观洞府出高丘。老聃尸解今还在，黄帝生前有此不。滴乳解添无数

① 傅璇琮：《全宋诗》，北京大学出版社 1996 年版。

幻，携灯何用不曾幽。乾坤自大人身小，拳石空中作胜游”①，都是作者直接描写岩洞的诗歌，描写岩洞的奇形怪状。又如戴复古的《玉华洞》：“忆昨游桂林，岩洞甲天下。奇奇怪怪生，妙不可模写。玉华东西岩，具体而微者。神功巧穿凿，石壁生孔罅。玲珑透风月，宜冬复宜夏。中有补陀仙，坐断此潇洒。空山茅苇区，无地可税驾。举目忽此逢，心骇见希诧。题诗愧不能，行人亦无暇。”②作者回忆自己赏游玉华洞时的感受，深感“桂林岩洞甲天下”，虽然玉华洞生得奇奇怪怪，但是奇怪中又带着妙不可模之感。坚硬的石壁上有着天然“孔罅”，仿佛神功雕琢一般，因有着这“孔罅”，岩洞内透风漏月，冬暖夏凉……诗人将玉华洞的特点通过三言两语描绘出来，盛赞桂林的岩洞。而关于借岩洞诗寄托内心情感的诗歌，如章岘的《丁未上巳重游龙隐岩》“旅宦天涯甘寂寞，送春无意惜芳菲”，借岩洞诗来抒发自己天涯羁旅客的哀伤之感，刘克庄《曾公岩》：“踌躇增慨叹，日日禽声哀”，亦借岩洞诗来抒发对曾布遭遇的同情，同时也借此来诉说自己境遇的悲惨。关于岩洞的描写，有的诗人是群游岩洞之后才写下诗作，没有针对具体的岩洞来说，如寓桂诗人张栻的《八月既望，要详刑护漕游水东，早饭碧虚，遍观栖霞、程、曾、龙隐诸岩，晚酌松关，放舟过水月洞，月色佳甚，逼夜分乃归，赋此纪游》，便是其饱游各个岩洞之后，写下的感受。当然，如果寓桂诗人在游览岩洞途中，作诗灵感来袭，常常刻诗与岩洞石壁之上。如方信儒在广西宜州南山龙隐岩刻有诗

① （明）张鸣凤、杜海军：《桂胜桂故》，闫春点校，中华书局2016年版。

② （宋）戴复古：《石屏诗集》，上海书店1985年版。

刻："南山山北北山南，一洞中分路口三。飞鹤叫云声自远，懒龙慳雨睡方酣。襄公淡墨留苍壁，太史高风拂翠岚。百尺岩前清绝处，道人先我著茅庵。"① 又如张栻离桂之前，在游赏岩洞之后，作《留别城东诸岩记》刻石于普陀山冷水岩。不仅如此，张栻寓桂期间，在栖霞洞、龙隐岩等岩洞都留下了书刻，兴安乳洞也有其游记刻石。

总而言之，广西的山水、岩洞都是寓桂诗人创作诗歌素材。这原生态的山川美景，成为寓桂诗人创作和抒发情感的载体，从而催生出大量的山水诗、岩洞诗，为中原一带的人们全面客观地认识广西做出了一定的贡献。当然，大量的山水诗、岩洞诗的出现，也为中国诗坛增色不少。

---

① 傅璇琮：《全宋诗》，北京大学出版社 1996 年版。

第三章

广西地域环境对寓桂文学创作的影响

广西处于岭南西道、广南西路，地理位置优越，是岭南文化传承的主要地区之一。自秦始皇开发岭南、设立桂林郡以后，广西就被纳入了中央集权的版图之中，成为历代统治者任命、谪贬官吏的重地。不同朝代、不同时期的文士或听任命、或遭贬谪、或游经桂地，都在这里留下了脍炙人口的篇章，既影响了外界对广西的印象和评价，也为广西文学的发展起到了促进和推动作用；同样，独具风情、自成一体的广西地域文化也为文人的创作添了些许色彩，给寓居此处的墨客骚人以心灵的慰藉，使得他们的作品别具一格且韵味深厚。

第一节　言之有物

从历代的寓桂文人经历来看，除少部分文人是游历山川途经桂地外，绝大多数都有贬谪、行役的际遇，他们怀着或失意、或忧惧的心绪来到这里，表现在文学创作上就会呈现出消极、悲观的景象；但是，他们的作品又不仅限于此，寓桂文学中也有大量作品表现旷达、豁然的胸怀以及不甘逆境、一展抱负的雄心。《周易》有云：“君子以言有物，而行有恒”，用在文学创作上即要求内容充实、有思想，古代寓桂文学作品因为饱含着文人身处逆境、旅居异地的生命体悟，又有着他们的自我反思和成长提升，表现出言之有物、充实厚重的力量感。

一 内容：自然真实

就我们所知的寓桂诗人而言，他们处于不同时代且有不同遭际和心路历程，寓居广西期间的心态各有差异，所以在事物关注点和写作风格上面也不尽相同。但是，相同或相似的地域环境为他们的创作限定了一个空间，广西独有的自然环境和民俗风貌是他们代代相续、不断歌咏的对象。后世人的广西印象也正是通过他们的诗文得以建立，无论是对“瘴江西去火为山，炎徼南穷鬼作关”险恶气候的反映，还是表达对“溪边物色堪图画”的赞叹，或如“从此忧来非一事，岂容华发待流年”的命运担忧，都是文人真实情感的自然流露。广西的自然环境和风俗民情直接影响着寓桂文人的心绪和思考，不论是对异地他乡所见所闻的客观记录还是对自我情感心境的直接抒发，都显得自然且真实。

1. 青秀奇美的桂地山水

自“晋人向外发现了自然”以来，人们将更多的精力和时间倾注在对自然的观照上来。广西自北而南形貌多样的山川河谷恰好为寓居此地的文人活动提供了鉴赏观摩的对象，桂林山水的青秀、容州洞府的瑰奇以及浔州流域的江山气象、如诗如画的阳朔美景……不仅愉悦了北地文士的眼目、抚慰着他们的心灵，同时也启发着他们创作的灵感。“自阳朔而北，至桂林之间，流益速，水益清，往往十余尺可见沙石，石壁崭然如丛篁，连绵百数十里，故有桂林山水甲天下之语。而自阳朔至苍梧之郡，则又昔日重华南巡之地，居三江之总会，握两粤之咽喉，山水之英灵，抑或西南之奥区神皋焉。由苍梧折而西，沿北流江而上，则有都峤、勾漏、西竺之胜，为幽人羽客栖养之地，而大容十万之险，笼罩数百里，又群山之雄者也。自滕溯大黄江而上，而浔而邕而太平，自武宣溯柳江而上，而柳而庆，源益深，山益峻，盖尽吾桂之地，几无地非山，无山不奇，而水又无流不迅。”① 正是这样的奇山秀水，吸引着历代的文人墨客，使他们在八桂大地寓居期间有所寄托，且形诸笔咏，留下许多千古传唱的佳句名篇。

“未若独秀者，峨峨郛邑间。”这是文人首次对广西风光进行描写，此后，广西及广西山水进入诗人的视野，成为被摹写、称颂的典范。从两晋时期的颜延之到清朝的赵翼，无论是游历经过还是贬谪此地，怀着轻松愉悦或是黯淡抑郁的心绪来到桂地，面对风光旖旎的山水、错落有致的峰丛以及多姿多彩的植被，无不动情、叹服，争相以他们的才气来描绘、赞美和颂扬。桂地山水滋养下的文人及作品，更显出一份淡泊宁静、淳朴深厚的特质。

就生长于斯的文士而言，对故土家园的特殊感情促使他们抒发对广西山水的赞美之情。本土诗人笔下的桂地地域辽阔、气势磅礴，是神灵眷顾的福地：“天地寥廓，阴阳回簿。五镇三山，千溪

① 陈柱：《粤西十四家诗钞·序》，广西人民出版社 1997 年版。

万壑。积涧幽阻，攒峰磊落。神化攸归，灵祇有托。”[①] 四言式的诗歌格式和庄重典雅的诗歌语言之间，洋溢着诗人作为八桂子弟的喜悦和自豪。历代寓桂文学中，不乏优秀的本土诗作，如曹邺《咏东洲》：“江城隔水是东洲，浑是金鳌水上游。万顷颓波分泻去，一洲千古砥中流。”正是因着对于故土真挚的热爱，使得诗人有决然超雄的气魄，为此诗营造了清新流丽、雅正高古的意境。再如北宋布衣诗人石仲元，为挣脱束缚寻求解脱而长期居于七星山中，留下诗句如“平原削翠万琼瑰，顿辔尘沙眼渐开。文网牵人宁底急，未妨特特看山来”（《寿阳山》）。简单朴实的语言中，包含着诗人回归自然的心愿，在优美生动的山石之间获得美的感受和心灵的慰藉。

对宦游桂地的诗人而言，他们以地方政绩为首要，更多关注安邦化民、文化治理等方面，闲暇之余也从事一些文化活动，于千姿百态的桂地胜景中陶冶情操、澡雪精神。借着自身的政治权利及影响力，在广西境内大力开辟岩洞、修建亭台楼阁，一方面可以为当地百姓谋福利，另一方面也丰富了当地文化生活，聚众宴飨、赏游唱和、命名题刻……相应地，随着岩洞的开发，大量以此为题材的诗作也盛极一时。[②] 以这些人工开辟的岩洞和精心建构的亭台楼阁为媒介，山水与人的互动关系逐渐热络起来，自然风光与人文思想得以交流融合。

---

① 曾庆全：《历代壮族文人诗选》，广西人民出版社 1985 年版。

② 钟乃元：《唐宋时期宦游广西诗人的文化策略》，《广西民族大学学报》2013 年第 5 期。

“目力到处皆新诗”①，是每一位初次踏入瑰奇秀丽的八桂大地的文人都会发出的由衷感叹。到广西宦游的文人，不仅务实能干、积极为政，而且大都才学渊博、努力作文，于题赠往来、唱和应答之中也不乏佳作。宦游诗人的文学创作以石刻为主，有题名、题诗、题记、铭文等形式，尤以题名和题诗占多数。大部分石刻诗文用以说明建设此景之缘由、时间、人物等，也记载何时何地何人前来赏游，有时稍有评价之语，叙事简洁，文辞优美。如《张敬夫、郑少融等三人水月洞题名》一文：“淳熙己未岁中秋日，广汉张敬夫约长乐郑少融、玉怀赵养民，同游水东诸岩。薄莫自松关放舟，泊水月洞。天宇清旷，月色佳甚，因书崖壁，以纪胜概。”简单地交代了游玩的时间和题名的原因，诚然，优美瑰丽的自然景色是促使他们创作的动机和源泉。“桐庐詹仪之以寒食休务，约郡丞陈昭嗣、李晋……郡文学陈邕，蚤饭榕溪流阁，观青带、甘棠、新桥，历览西湖六洞之胜。时膏雨初霁，风日融怡。流峙动植，触目会心，分韵赋诗，薄暮而返。”广西秀美瑰丽的景观、清新宜人的气候、丰富多姿的植被以及活泼可爱的动物，正好契合了宋代官员悠游山水、闲适散淡的生活作风；美好的景色不仅愉悦他们的眼目，也激发了他们的诗情，此篇短文所表现出的生动、自由、灵动之气，想来与桂地山水的滋养相关甚密。

相较于只对景观及文学活动的客观记录的题名和题记，题诗更注重将叙事与抒情结合，使桂地山水与寓居其中的人的情感高度契合，如此，咏赞山水与情感抒发能够融为一体，使诗歌在内容和思

① 桂林市文物管理委员会:《桂林石刻》（上册）。

想上丰富饱满且有一定深度。北宋文学家张孝祥在桂林宦游期间留下的数篇诗作，就将自己以往劲健豪迈的风格注入桂林山水之中，呈现出一种雄浑俊逸的气势。[①] 张孝祥一生力主抗金、收复失地，作词赋诗多词采激昂、慷慨豪迈。出任静江知府两年期间，旖旎迷人的桂林山水成为他情感的寄托，吟出的诗篇清婉而深沉，内蕴极为深厚。作于水月洞摩崖上的诗刻："便合朝阳作凤鸣，江亭聊此驻修程。南瞻御路临双阙，东望仙家接五城。日上白门兵气静，春归淮浦暗潮平。遥怜莫府文书省，时下沧浪自濯缨。"一方面对此地所处优越的位置及优美的自然风光表示赞叹；另一方面也对整个政治局面抱以积极的展望，并将自己"不应此地淹鸿业，盍与吾君至太平"的凌云壮志寓于其中。秀美的桂林山水不仅使他享受其间，同时也激励着这位爱国英雄继续奋发，去成就一个太平盛世。

在寓桂文学的创作中，尤以贬居此地的中原文士所达到的成就最高。远离中央统治的中心，这些文人被贬谪、流放到当时被称为蛮荒的广西境内，由北而南，桂林、柳州、庆远、平乐、容州、梧州、浔州等地都留下他们行经的痕迹。《隋书·地理志》诸如"自岭以南，二十余郡，大率土地下湿，皆多瘴疠，人尤夭折……"[②]的记载，更加深文人对广西的惧怕。怀着对未知前途的恐惧，以及仕途失意、背井离乡的黯淡心绪，他们来到这"穷山恶水"之中，却发现这里除瘴气毒蛇、蛮荒魑魅之外，还有白云秀水、青嶂叠峦，是游赏山水景致、寄情诗酒人生的好地方。

---

① 何婵娟：《论宋孝宗朝桂林石刻文学》，《合肥学院学报》2013 年第 5 期。

② （唐）魏征：《隋书》，中华书局 1973 年版。

广西的地貌复杂多样，盆地、山岭、丘陵、平地、海岸、岛屿等应有尽有，还有连片分布的喀斯特地貌，在世界范围内也属罕见。从中原腹地或是温柔江南谪迁而来的官员，进入一个陌生的环境，首先观察到的就是它清秀奇美的自然风光，不同地域环境下的诗歌创作也呈现不一样的风采：山水秀丽的桂北滋生出“岩泉孕灵秀，云烟纷崖壁”“仙户掩复开，乳膏凝复滴”的闲趣；风情独具的桂中腹地浸润着“一片丹心存万古，谁云坐处是遐荒”“好怀都为西风适，野鹤山猿笑醉翁”的心境；而纯净浪漫的桂南则涵养了“迟君汗漫游，闲来种青松”“行藏随所寓，淹滞岂无成”的性情。

正是广西奇美秀丽的自然风光、温暖宜人的气候环境，宽慰着本地的长住民，也愉悦了外来的寓居者。优美的生态景观是诗人们生活其中的境遇，也是他们文学创作的对象和源泉，在怡情山水的过程中不但可以忘掉烦忧、涵养心性，也可增长诗情。也难怪许多诗人在离别桂地之际，流露出诸如“今日移舟出城市，多情却恋眼中山”“却忧别后牵吟想，欲写幽期入画图”的不舍与留恋。

2. 清简淳朴的桂地风情

从古至今，广西都是一个多民族聚居、多元文化交融的地区。自秦置郡以来，中原汉人或因避乱、或因政务派遣、或因有事经过，南下至此，在与当地土著文化的交流融合中扮演了重要角色。由官员、文人所带来的先进的中原文化，凭借其在政治、经济、社会生活方面的话语权占据了有利的地理空间，逐渐成为本地区的文化主导核心，在不断交流、融合与冲突中推动和促进了粤西文化的发展。而这种由核心文化主导、多元文化共存的局面，对诗歌的创作也不无影响。例如，不少唐宋时期的寓桂诗文就如实记录了当时中原朝廷对广西地区所实行的民族政策，不仅有类似“率兵南巡，所过问疾苦，延见长老，宣布天子恩意，远近欢服……”[①] 的怀柔政策来安辑绥抚；也通过“耀武威而讨亡命”的暴力手段去征伐降服。前有“任廉问澄清之务，抚华夷错杂之人”[②]“政先仁恕，镇静不扰”[③] 的方略基调；后有“惟是南方，久稽讨伐”[④] 或“道可觉民，武能威敌……方调兵而薄伐，俄折馘以趋降”[⑤] 的武力政策。在恩威并施的民族治策下，古代广西的政治局势基本呈现一派“越裳济海喜天晴，五叶戈船不度兵”的安宁、和谐之景象；汉文化滋养下的广西文德教化更是出现了“水北有田均夜雨，岭南无地不春风。吾皇德化形扶杖，亲见儿嬉七十翁”的富足、怡然之局面。

正是在较为安稳的政治局势和融洽多元的文化氛围内，人们能够对广西地域文化有较为客观的认识和评价；尤其是唐宋之际，人们对于广西地域文化的认识开始由笼统逐渐转向明晰。如“其人性并轻捍悍，易兴逆节，椎结箕踞，乃其旧风……巢居崖处，尽力农事。刻木为符器契，言誓至死不改。父子别业，父贫，乃有质身于子，诸獠皆然。”[⑥] 不仅对世居桂地的民族的性格、习俗作了简要

---

① （宋）欧阳修：《新唐书卷》（卷九十三），中华书局 1975 年版，第 3813 页。

② （清）董诰：《全唐文卷》（卷六百五十九），中华书局 1983 年版，第 6701 页。

③ （清）汪森：《粤西文载》（卷六十），上海古籍出版社 1987 年版，第 737 页。

④ （唐）柳宗元：《柳宗元集卷》（四十一卷），中华书局 1979 年版，第 1091 页。

⑤ （清）汪森：《粤西文载》（卷五十五），上海古籍出版社 1987 年版。

⑥ （宋）欧阳修：《新唐书卷》（卷九十三），中华书局 1975 年版，第 3813 页。

记载，还关注到了他们的农作、信仰、文化等方面的特征。南宋文人陈说《知贵州谢宰执》一文也对古代贵港地域文化特征作了较为详备的评述："况怀泽之为州，亦南冠之乐土。苦于瘴疠，粗有人民。财用少而岁可支吾，鱼米贱而俗颇淳古……民淳而诉讼颇简。"① 唐宋典籍及文章关于广西地域文化的记载，说明当时的人们已经意识到，桂地的民俗风情并非人们印象中的那样野蛮、粗陋；事实上，此地不仅民风淳朴、热情好客，而且在艺术创作和民族风物上独有特色。宋代诗人陈执中曾到广西苍梧境内，亲眼见证了这个地方朴实敦厚的民风，有诗为证："莫讶南方景物疏，为君聊且话苍梧。地倾二面城池壮，江迸三流气色麄。山畜火光因政出，石藏牛影为仙呼……脍美不堪全用鲤，果珍何忍命为奴。云归上国名终远，郡带口藩势未孤。铜鼓声浮翻霹雳，桄榔林静露真珠。溪平花槛饶桃李，疆压莺歌尽鹧鸪。三足吉祥文上载，独峰为盛事元无。封疆自觉随时广，饮食從分过岭殊。行伍戢威遵下武，儿童知学乐從儒。风轻别墅来渔唱，人到间坊恋酒垆。服尚鲜华几两蜀，市相交易类全吴。营希贤帅偏栽柳，扇慕良规各制蒲。春耸门阑多列戟，雪從弦管舞双奴。祇因谈笑凭风俗，僭用诗谣和夸襦。"② 独具神韵的自然山水风光滋养了古朴浓郁的民族风情，丰富多彩的广西地域文化也丰富并影响着古代寓桂诗人们的创作。

除开官方史料编纂、杂记和山水游记如宋代周去非的《岭外代答》、民国时期刘锡藩的《岭表纪蛮》等，古代文人的笔记也有关

---

① （宋）王象之：《舆地纪胜》，中华书局1992年版，第3348页。

② 同上。

于广西地域文化的零散记载，如唐代张鷟的《朝野佥载》、宋人张世南《游宦纪闻》等。但是，在内容和范围上对广西地域文化进行庞杂、宽泛的涵括，主要还是体现在诗文的创作上。唐代的宋之问、张九龄、柳宗元、李商隐，宋代的张孝祥、苏轼、黄庭坚、范成大、陈藻、李师中，清代的袁枚、赵翼等声名昭著的文豪寓居广西期间，深入当地生活、生产及其他活动当中，了解他们的风土人情、习俗节庆等地域文化特征。反之，广西地域文化的特征也对外来文人的文化素质、文学水平、文化心态和文学创作产生影响，留下了许多兼具史料价值和文学价值的佳作。

随着唐宋时期中央对广西安民化俗、文治教化政策的推行，仁德之风吹进“僚俍杂处”的桂地，使这个号称难治的地方从“炎方景象异中原，海气昏昏杂阐烟”的状况变为“今日荒夷成雅俗，薰风南播自㚷弦”的景象。宦居此处的文士官员一方面自得于政教上的功绩，另一方面也对当地淳化质朴的民风和勤劳尚简的性格表示喜爱和赞扬。首先，由于广西大部分地区山地广袤、地广人稀，在城市建制上规模较小，村落分布则旷远稀疏；只有诸如桂林、梧州、钦州这样的大州郡因为人口较为集中、交通更为便捷，所以城市相对繁荣，其他大部分城市还是落后且萧条的。初到桂地的骚客文人新奇于其所见之聚落景观，一些描写村落状态、刻画民居类型的诗文都留下了他们当时的感受。如李商隐在《桂林路中作》中写村落之小；裴说在《南中县令》中述山地之多、人烟之荒凉；也有李纲、李曾伯这样的雅士，在异于中原的风土之中，去发掘竹屋、茅檐的清丽、可爱。其次，河谷平原的广泛分布，加之全年气候温暖、雨水丰沛，使得广西成为典型的稻耕文明区，水稻是此地主要的农作物，另有芋头、豆类作物适宜耕种。每至播种耕犁的季节，粤西大地上就呈现一幅“水满牛耕犊后随，旱田大半已翻犁”[①] 的忙碌景象。涉及此类题材内容的创作，诗人大都以轻松愉悦的笔调、晓畅通俗的语言去勾勒农事收获的欢乐场景，融入当地生产活动当中，与百姓同喜共乐。一派生机的田园景象、硕果累累的农忙时节，以及十里桑林与骑牛牧童的诗意景象，为寓居桂地的文人诗作留下几笔轻松明快的田园闲趣。另外，丰富多彩、斑斓多姿的粤西民间文化形态不仅丰富了寓桂文人的生活内容，也影响着他们的行事、抚慰他们的心绪，还为他们的诗歌写作提供了新鲜有味的素材。柳宗元出任柳州刺史时就随俗而行，学会了吃“虾蟆”，希望借此以毒攻毒，调理身体，在与韩愈的书信往来间提到过此事，并深以为然。[②] 宋代陶弼在任钦州知府期间，也曾感叹生活“红螺紫蟹新鲈鲙，白藕黄柑晚荔枝”，海味鲜果，尽享饮食之富足，以至于到了“酒尽月斜潮半落，山翁不省上船时”[③] 的地步。

在所有以桂地人文为题材的寓桂文学作品中，最具特色的当是描写广西风俗人情的诗作。一方面作为外来者，看待当地风俗殊于中原，深以为异。如柳宗元刚到柳州时，就觉得“异服殊音不可亲”，这里民族支系繁多，语言各不相同，沟通面临极大困难，而“青箬裹盐归峒客，绿荷包饭趁虚人。鹅毛御腊缝山罽，鸡骨占年拜水神”这样的生活方式和信仰习俗与中原文化相比显得蒙昧落

① （清）汪森：《粤西诗载卷二十二》，上海古籍出版社 1987 年版，第 372 页。

② 钟乃元：《唐宋粤西地域文化与诗歌研究》，广西师范大学博士学位论文，2010 年。

③ （宋）王象之：《舆地纪胜》，中华书局 1992 年版，第 3341 页。

后，使南下文人既惧怕又不屑与当地人打交道。李商隐更是直指桂地语言是“鸟言成谍诉，多是恨彤幨”，认为当地风俗“可骇”，没有可亲之感。到南宋陈藻那里，广西境内一些民族的生活习俗仍然是鄙陋的，如“猪膏泽发湘南妇，牛渤涂门岭右村”的习俗，落后而“不堪论”。到了明清两代，仍有一些诗歌描写桂地的落后习俗，如赵翼的五古诗《落皮树》及《镇安风土》等，记事中也有一些不可尽信的讹传。另一方面，作为异俗文化的旁观者，寓桂文人也能客观、敏锐地察觉到当地民间风俗中的淳朴以及当地居民的可爱之处。“数家同老寿，一径自阴深。喜客尝留橘，应官说采金。”江边淳朴好客的老人，热情地招待路途上系舟停顿的过客，慈爱可亲；“常插双钗低系裙，手持青伞步如云。忽然退傍芭蕉立，元是前头逢伯君。”① 宋人邹浩眼中的昭州妇女，不仅衣着得体、行为端庄，更兼礼敬长辈，十分难能可贵。

随着中原文士对广西人文地域文化了解的加深，他们对此地风俗的态度也逐渐由最初的嫌恶、惧怕到后来的认同、接受，甚至替它辩解，逐步改变世人的长久以来的偏见和谬传。如南宋时期的曾几就在朋友面前大赞桂林“人物豪华真乐国，江山清绝胜中原……边锁无虞庭少讼，不妨仙释问真源”。寓桂文人以诗歌生动、艺术地反映广西丰富多彩的民风土俗，对于广西文化形象的塑造与传播都起到了积极正面的作用。正是广西异于中原文化的民风民俗，使寓桂文人产生别样、新鲜的感受，也为他们的诗文创作提供

① 北京大学古文献研究所：《全宋诗》，北京大学出版社 1998 年版，第 14021 页。

了异域风情的素材，使得整体创作风格趋于平实质朴，少有浮饰。

诗歌是客观环境与诗人主观情感双向互动而产生的结晶，寓桂文学也即是广西青秀灵动的自然风光和朴素淳厚人文风情，与寓桂文人恬淡悠闲的心境、悲慨无奈的诗情交互作用而出现的文学类型。在主与客的双向互动中，虽然少不了文人去发现、感受的主观因素，但也不能脱离由情景所营造出来的客观语境，少了这个语境，一切话语都是苍白无力、所有情感都是无病呻吟的。

二　思想：深沉厚重

歌德曾说："并非语言本身有多么正确，有力，或者优美，而在于它所体现出来的思想的力量。"无可否认，诗的语言是含蓄隽永、绚丽飘逸而文采卓绝的；但是，当人们解读诗歌时，绝不单单限于鉴赏文字之妙、语言之美、结构之精巧，更多的还是会关注和品味其中所蕴含的思想和情感。寓桂文学作品的文学价值，不仅在于清丽自然、平近朴实的语言风格，也不只别具风情、雅致悠闲的审美趣味，更在于其诗歌中所包含的诗人们关于家国天下、命运前途、人生意义等主题严肃而沉重的思考。

1. 温柔敦厚的执事之思

施展家国抱负，是历代中国文人无论身处何地、遭遇何种境况都会为之奋斗的理想，他们"修身、齐家"，就是为了要达到"治国、平天下"的目标。而在寓桂文人中，绝大部分是有官职在身的仕人，这种为家为国的使命感更为强烈。无论是宦游行役还是遭遇贬谪而迁至桂地，他们都没有因为远离中央政治权力中心而有所懈怠，而是不改初衷、实实在在地为当地百姓谋福利，如致力于改善落后的政治经济状况、加强文治教化的推行、调和多元民族之间的关系冲突等。

由于广西地处历朝政治版图的边角，较为偏僻落后，加之蛮夷、瘴气等恶名，而成为惩处官员、新任历练的常用之地。无奈迁居此处的官员，一面要克服由环境变化带来的身心不适，一面又要适应因语言、习俗不同而产生的诸多不便，诚然，意图在此地有一番作为是极艰难的。但是考察历朝官员寓桂期间的作为，少有荒诞懒散之辈，而多为努力经营之人。艰苦的治理环境及切实的整治行动，为这些寓桂为官的中原文士留下了诸如“君不见日南姜相曲江张，万古清风裂云汉”① 的贤名。正是广西历来难治的现状给了他们极大的考验，激励他们不断突破前人没能处理好的问题，此过程也为他们不断自我提升、自我实现提供了契机，使他们的思想深度和生命厚度能够在一个相对困厄的条件下得到磨炼，臻于圆熟。

寓桂文人进入桂地掌权执事要解决的首要问题就是要考虑当地百姓之所需，然后做出相应抉择以满足他们，这样才有利于地区的繁荣稳定和国家的太平昌盛。不少寓桂诗文就是基于这样的思想而创作的，斐然的政绩与灿烂的诗文相互印证他们在此的生活轨迹，如唐代诗人陈羽就在诗中记述桂地官员“八蛮治险阻，千骑踏繁霜”② 的功绩，北宋杨异也在诗中表达自己要“日将先圣诗书教，暂作文翁守郁林”的意愿，以改变广西文治教化欠缺的局面。而寻找恰当的方法去“化蛮”，使广西境内的各族顺服于王治，也是这

① 北京大学古文献研究所：《全宋诗》，北京大学出版社 1998 年版，第 26616 页。

② （清）彭定求：《全唐诗》，中华书局 1960 年版，第 3889 页。

些南下文人共同思考和探索的。由于长期受儒家温柔敦厚的教化滋养，大部分寓桂为官的文人都不愿意采取武力讨伐的手段去征服，而更倾向于以“王教之典籍，先圣所以明天道，正人伦，致至治之成法”①，用怀柔政策去广施教化，使不喜文学的桂蛮之地变为“纯尚儒化”的典范，呈现出“不但袴襦歌惠政，更今矜佩乐师承”② 的彬彬胜景。政治倾向很大程度上代表着一个人的思想观念，寓桂文人在表现政治题材的诗文中，包蕴着他们关于国家命运、民族关系等重大问题的思考，对赴桂亲友“能放一分宽，可减十分怨”③ 的殷殷嘱托和希望通过治理使广西达到“灯火夜深犹不倦，口吟六艺相仍编”④ 的切切期盼，都是他们政治理想的诗意表述。

2. 泣血成诗的生命体验

除了对政事公务的苦心经营，身处异地的文人也会对未来命运、人生价值进行思考和担忧。宦游至此的官员要筹谋将来宏图，贬谪流放的士人则要反思前事教训：只有对自己有中肯的认识评价，才能在未来的仕途上平顺前进；也只有意识到自己存在的问题，才能避免在将来的人生道路中再次跌倒。无论是对未来的展望还是对过往的回顾，都是寓桂诗人关注自我生命成长的表现；所以每一首寓桂期间的诗歌当中都渗透着他们沉重严肃的生命之思。初

---

① （汉）班固：《汉书》（卷八十八），中华书局 1962 年版，第 3589 页。

② 北京大学古文献研究所：《全宋诗》，北京大学出版社 1998 年版，第 29850 页。

③ 同上书，第 33464 页。

④ 同上书，第 29850 页。

入仕途、调派广西的官员都有摩拳擦掌的干劲，希望做到“农桑课绩无遗恨”，甚至“循吏声名在两都”①；做出一番成绩，为君王分忧、为百姓谋福，然后仕途高升、名垂青史，具有高度的理想主义倾向。相较之下，几经贬迁来到桂地的官员就不是那么有斗志，他们更多地关注当地民生疾苦，并常常与自我生活境况相联系，来调节与他人、与环境或是与自身之间的关系。这样一来，这类诗人的文学创作往往裹挟着关于生命意义、人生价值的思考。而广西生态环境中山清水秀、洞奇石美等正面因素与炎荒瘴疠、蛮人夷语等负面因素共同作用影响着他们的精神心态，进而也影响他们的感知以及思考。

由于广西地理位置偏僻，处于西南一隅，远离中原王畿又闭塞落后。宦居此地的中原文人，无论是初次入仕还是几经起伏，踏足其境都难免产生心理落差，如同从人间乐土堕入魑魅之乡，无依无靠、怅然若失。唐初宋之问在流放钦州逗留桂林期间，作出“代业京华里，远投魑魅乡。登高望不极，云海四茫茫”的苦闷之词，字里行间流露着对前途命运的深深忧虑。茫茫天地间的孤独之感，同样出现在张说之子张均的诗行中，“从此更投人境外，生涯应在有无间”诉说了一个年轻人对于自我命运遭际的无奈，以及对未来消极悲观的估算。即使胸怀豁达的苏轼经广西玉林，也难免自怜“晚途流落不堪言，海上春泥手自翻”；其门生黄庭坚更是在贬居宜州期间，悲叹“去国十年，老尽少年心”。

纵览历代寓桂文人文学作品，这样的主题几乎包括了所有寓桂

---

① （清）汪森：《粤西文载》，上海古籍出版社 1987 年版，第 45 页。

文学创作实绩。即使是旅居此处的游人也有“岁暮天涯客”的感叹，难怪李商隐在赴桂辞亲之际哀伤“恸哭”，且“不出上京，已发徒劳之叹”；也难怪张孝祥获赦北归离开广西时，轻松地宣称“已过严关了，吾行且趋缓”，因为那是一种历经艰苦而逃离边地、重返中原的解脱与愉悦。正是由于广西穷苦偏僻、皇恩难及的地理位置，踏入此地的人就自然被边缘化，易生被抛弃、被遗忘之感，对生命的忧虑也就自然而出。

三　感情：淳朴深挚

诗是人内心世界的显现，但由于各人的成长经历和生命历程不同，加之心灵世界的复杂多变，所以对相同环境也会有迥异的反应，文学创作也会呈现独具风格的特征。根据历代寓桂文人的境遇，可粗略将其分为宦游文人、贬谪文人、游历文人、避乱文人等几类，但又因他们寓居桂地这一相同景况，所以在诗文创作上有心绪的共鸣和情感的应和。

1. 乐山乐水的文人雅趣

如同桂地气候湿热易使人产生忧惧之感一样，这里优美奇绝的山水胜景也使人津津乐道，流连忘返。不同于中原风光的桂地山水不但愉悦眼目而且催发诗情，每一篇赞文颂词中都饱含着寓桂文人对此地山水的喜悦和热爱，观览风景并涉趣其中，为他们单调苦闷的贬谪生活增添了许多色彩。

广西未经人工开发、基本保持原生样貌的山川河流，与文人的游赏雅趣不谋而合，使他们能够暂时丢掉世俗功利的观念，于苦中作乐，以“吾邦虽云僻，山水足奇趣”的心态去享受生活；也在

“浔江穷瘴岭之南，郡虽僻，旁与都峤、勾漏为邻，而白石近在境上，其江山气象之秀，有足嘉者”① 的发现中寻找慰藉。正是文人这种自我排遣的智慧和善于发现美的眼睛，使得广西意象在他们的诗词中格外鲜丽，动辄“甲天下”“天下之最”的溢美之词，将桂地之名广播天下，成为人们梦寐以求的胜境。但是，他们的所感所想，皆是源自于真切的所闻所见后的自然流露，质朴清丽的语言更是使这些感想所凝结的情感显得醇厚而深挚。

2. 羁旅思乡的情感流露

除开对桂地山水的真切喜爱和赞赏，寓桂文人的创作中还有一个情感主题就是表达他们的乡关之思和流离之恨。孤身在外，难免有羁旅漂泊之感、思亲恋阙之意，更何况还是在一个远离家园几千里的蛮荒夷地。对于古代中国文人来说，忠君爱国与荫亲护家往往矛盾不能两全，意图致仕就要努力向上，选择忠君就得听任调遣，所以有了诗歌的宦游、羁旅、贬谪、思乡等主题。

寓桂文人大部分是从北地流贬而南下的官员，仕途上的失意与挫败已然使人心绪沉重，与原生环境迥异的自然景致和人文风貌更加重了他们的不适。在烦乱的心境之下，再优美的风景也是令人不悦的，例如王巩与苏轼的书信中，竟将旖旎迷人的阳朔风光描述为“岩藏两头蛇，瘴落千仞翼”，令人闻而知畏，毛骨悚然。感于羁旅漂泊的孤独、怀着对家乡亲人的思念，纵然桂地胜景万千，终究不过“伤心处”，即使“雨细梅黄荔子丹”这般的“殊方风物”也笼罩着一层愁云惨雾。

---

① （宋）祝穆：《方舆胜览》，中华书局2003年版，第721页。

寓桂文学作品中所蕴含的情感复杂而深挚，既有上述对于桂地佳景的真切喜爱，也饱含对家乡亲友的思念，还有对自我遭际的不平之感伤；当然，其中也裹挟着许多难以言喻的挫败与痛苦、偶有所获的欢喜和欣悦、无可奈何的悲伤及慨叹。广西这一处偏居边隅的荒夷地，既使得寓留此地的文人深感畏惧，同时又为他们带来慰藉和安抚，他们笔下的广西意象就表现了他们心中的广西形象：既欣喜“南国无霜霰，连年见物华。青林暗换叶，红蕊续开花。春去闻山鸟，秋来见海槎”，又感叹“流芳虽可悦，会自泣长沙”。

◈第二节　情景相生

王国维曾说，“一切景语皆情语”，“以我观物，则物皆着我之色”①，自然风光本是客观存在，本身无忧虑喜乐可言，只有当人把主观情感倾注其间时，这些客观审美对象才为人所注意，并且变得鲜活起来。再者，诗的情感也是因景而生，且诉诸景而表达的；正如王夫之所言：“心之情状，虽无形无象，而必依所尝见闻者，以为影质。见闻所不习者，心不能现其象。”② 说明诗的情感的产生，必须依赖心与物的碰撞与交会，依赖于情感主体在生命历程中“即景会心”，“缘景、缘事、缘已往、缘未来”③，视宇宙人生、万物生灵为具体观照、体悟之对象，把握其秩序与规律。情景论是中国古典美学、诗学源远流长的经典命题，寓桂文学的创作主体，也

---

① 王国维：《人间词话》，译林出版社 2010 年版。

② （清）王夫之：《张子正蒙注》，中华书局 1978 年版。

③ （清）王夫之：《古诗评选》，上海古籍出版社 2011 年版。

将自身情感投诸寓桂期间所接触的场景与物景，并于透过对象来重新审视自身，在情景交融中提升自我。

一 情生于景

景不同于“生意索然”“情不足兴”之物，而与审美、艺术直接相关。首先，景源于创作主体“身之所历，目之所见”，得于诗人“击目经心丝分缕合之际”，与主体审美感性相关联，有情融于其中。其次，景具有形神兼备、气韵生动、自然灵妙等特征，不仅展现天地万物之节律，且触动人心之感受。最后，景是诱发情感的动因，也是表达情感的意象，“它引起情、渗透情，也呈现情；又为情所激活，所孕造，是一幅有情有趣的形象图画”①。广西独特的地理条件下风光随季节替换而呈现或清丽明媚、或萧瑟颓败的景象，于寓桂文人而言，桂地山川风物是他们经历、审视的对象，他们的喜怒忧惧皆源自异于中原的自然景致和地域风物。

1. 壮景抒豪情

广西地域辽阔，其山川地貌可用一句谚语概括，即“八山一水一分田”，大部分为山区，因此号称十万大山。历代文人行役至此，都不禁感慨“贺州归去柳州还，分路千山与万山”。众多山脉之中，又散落着许多丘陵、石山，身临其境，就仿佛处于一个由大自然的千山万岭所构建的大迷宫之中，顿生“山围八桂深”② 之感。将广西山川与北方诸峰相比，觉其崇高雄厚不足；使其与江南之山相

---

① 刘泽民：《王夫之情景说阐释》，《湖南大学学报》2000 年第 11 期。

② 北京大学古文献研究所：《全宋诗》，北京大学出版社 1998 年版，第 368 页。

较，察其温婉娇媚不够。但在古人心中桂地山水却“宜为天下第一”，就在于它的多、奇、秀，如周去非所云：“其尖翠特立，无不拔地而起，绵延数百里，望之不见首尾，亦云盛哉！”①

为其奇丽之景所震撼的入桂文人不在少数，想要在此地建功立名、有一番作为的文士更是将桂地山水清奇的特征化作为官执事之原则，借粤西壮丽之景来抒发主观凌云之志。如中唐钱起“云衢降五马，桂水引双旌……寇恂朝望重，计日谒承明。”② 以风光旖旎的桂水为纽带，感化各民族以达和谐相处之目的。郎士元、刘长卿更是以“苍梧万里路，空间白云来。远国知何在，怜君去未回”这样的胸怀来劝说宣慰使者，希望他们以怀柔政策和仁德之心安抚民众，以致“陆贾千年后，谁看朝汉台”（刘长卿《送裴二十端公使岭南》），使得岭南之民可以诚心归服于朝廷。杜牧则是将清剿交趾的历史名将作为学习的榜样，祝愿好友唐持能够“鷁首冲泷浪，犀渠拂岭云。”于壮丽辽阔的八桂大地像马援那样平定边陲，纪功而返。甚至有人不闻桂地风景如何，只将一腔豪情倾注于此，“快把诗书洗瘴茅，雕题墨齿尽同胞。天涯那得随矜佩，试借升堂讲义钞。”③

2. 悲景感柔情

广西偏居西南边隅，已使流寓此处的文士在心理上有被抛弃之凄凉感；加之高温多雨、瘴雾弥漫的气候特征，更使他们倍觉身心

---

① （宋）周去非：《岭外代答》，上海古籍出版社1987年版，第394页。

② （清）彭求定：《全唐诗》，中华书局1960年版，第2662页。

③ 北京大学古文献研究所：《全宋诗》，北京大学出版社1998年版，第41333页。

煎熬，常于诗文中大呼“炎烟六月咽口鼻，胸鸣肩举不可逃”之苦及“如何望乡处，西北是融州”之愁。此外，由于广西纬度较低，四季变化不甚分明，夏长而冬短，所以植被冬春常绿，四时皆花，即使是偏北的桂林也有一番“九月无霜飞叶少，四时有笋乱丛生”的景象。季节更替不规律使得寓居桂地的中原仕人常生疲惫，习惯了春发嫩芽夏装绿意、秋凋黄叶冬余枯枝的物候变化，在一个季节变化不明显的地方自然会不适应。再者，广西还是一个滨海地区，临近热带海洋北部湾，大部分州郡因季风影响而常受飓风侵袭，不论是当地居民还是寓居此处的外来人都时时担忧惧怕，唯恐飓风大作、破城毁屋甚至吞噬人命，柳宗元《岭南江行》“射工巧伺游人影，飓母偏惊旅客船”就形象生动地描写了这种惊惧。

外在自然是文人心绪的基本动因和主题，主观情感随景物更迭转换而消长沉浮、因物候更替而心生喜悲。以上所列广西地域环境中恶劣、消极一面，意在说明这种冷落、凄凉甚至可怖的环境会唤起人与之相应的悲情、愁绪。稍作统计会发现，占据寓桂文学大半篇幅的是诉说文士柔情的作品，柔情是一种纤弱、柔婉、低迷的情感状态，少了慷慨激昂、大气磅礴的气势，也没有忧国忧民、心怀天下的胸襟；它直接碰触人内心最柔软的地方，所表现的是普通人最普通的情感，尤其注重抒写人生不幸和生命悲剧的体验和感慨，所以贯注其中的情感基调是哀愁、抑郁、怨恨、遗憾等。悲、叹、泪、断肠等字眼常见于此类作品当中，诗人委婉阴柔、缠绵悱恻、忧郁感伤的情感在如此偏僻冷落、萧瑟荒凉的境遇中得到最大限度的释放，因而极具表现力。

寓桂文学的悲情主题主要有二：其一是源自深厚的家园意识而

生的挥之不去的绵绵乡愁。去国离家，故园漫漫，对于古代文人来说，骨肉分离、亲人离散最是伤悲，令人柔肠寸断，销魂刻骨。流寓广西的贬谪文人在诗文中所表现的此类主题尤其悲婉凄迷，他们既要面对突然转变的生活境遇，又得忍受妻离子散的思念煎熬。“两儿随母仍旧寄，骨肉星散知几方”，分隔两地，境况堪忧，最放心不下的，还是异地相守的骨肉至亲。大异北方的南国风物又时时刻刻挑拨着这批文士脆弱的心弦，无论是四季如一的绿叶红花还是惊骇人心的飓风瘴雾，都在他们本已黯淡的心上再添一丝惆怅。荒僻凄凉的景象和诗人纤弱善感的心态正好契合，随口便是“海畔尖山似剑铓，秋来处处割愁肠”①；风景奇秀、美不胜收的桂地山水则与文士顾影自怜的情绪完全相悖，越是欢快清丽的景致，越令他们倍感煎熬，悲叹“竹迷樵子径，萍匝钓人家。林暗交枫叶，园香覆橘花。谁怜在荒外，孤赏足云霞”②。

寓桂文学中悲情主题之二则源自文人“逝者如斯夫”的生命意识和生命感伤。遭遇贬谪之前，大部分寓桂文士身居要职，深得恩宠；因一朝触龙颜而致使人生发生翻天覆地的变化，从高位跌至低谷，由皇城贬往蛮荒，成为“身着青衫骑恶马，中门之外无送者”的罪臣，无人问津。猝不及防的变故，判若云泥的境遇，使他们心灰意冷，对人生未来充满迷惘，甚至消极怠慢。而广西这样的“魑魅乡”“天涯”并没有给他们带来多少慰藉，反在这炎荒边鄙之处饱受身体的摧残和精神的折磨。一方面是岭南令人闻之色变的瘴疠

---

① 谢汉强：《柳宗元柳州诗文选读》，西安地图出版社 1999 年版，第 57 页。

② （清）汪森：《粤西诗载》，广西人民出版社 1988 年版，第 75 页。

和酷热，威胁着寓居文人的生命安全，使他们常常处于“十人九不还”的担忧恐惧之中。另一方面，广西地处偏僻，多民族聚居但各有土司管理，所以政务清简，致使在此执事的文士空有匡扶社稷、经纶天下之抱负却全无用武之地，而更多地沉浸于自己悲戚的世界里伤春悲秋，生命就在时光易逝、年华已老的感叹中逐渐萎缩。他们本是满腔热血，却不得不闲居桂地，纵情山水之间，或是独守凄清寂寞；如此情景之下，如果说张说还存有几分“山临鬼门路，城绕瘴江流。人事今如此，生涯尚可求”的侥幸；李纲仍计较“时危远谪堕南蛮，犹在乾坤覆载间”的愤懑；大多数寓桂文人却只剩下孙觌般“投老落蛮峤，暍死愁吴侬”的悲观与消沉。

3. 清景寓悠情

寓桂文学中还有一部分寄说悠情的作品，风流雅致，清新的词句、清丽的景色间传达着清澈的心境，蕴含着诗人洗净人生烦愁后的陶然悠意。这类作品的作者往往淡泊平和、无喜无忧，其作者多为悠然闲散的寓桂幕僚，也包含部分迁居桂地的隐士或僧人。广西瑰奇秀丽的自然山水景观为他们提供了游赏、居住、雅集的场所，不仅可以作为描摹刻画的对象，也能促使他们诗情勃发；唐太宗曾赞称桂林“碧桂之林，苍梧之野，大舜隐真之地，达人遁迹之乡”，可谓信言。广西既无富庶的经济作为支撑，也非文官武将实现抱负的福地，一些看轻官场浮云的贬谪文士和幕府诗人索性寄情山水，“独向东亭坐，三更待月开”或是“披选胜襟”，“白衣居士访，乌帽寻逸人”，与居士隐者相交往，以寻得内心的宁静。

这类诗人写桂林山水或粤西风光，往往意境悠远，令人神往。

晚唐诗人曹松的记忆里，桂林处于“一朵云山二水中”①；宋人王巩笔下，全州风光“长江萦村若练带，晴岫插天如画屏”；吴元美盛赞容州“观此宝玄真胜境，何须航海觅蓬莱”……诗文中所用“水”“天”“蓬莱”等言辞意象，非澄澈之心境难得。

二　景赖情传

如前文所论，寓桂文人情感的复杂性决定了广西山水在诗歌中的形象，或清丽可爱、或狰狞可怖，皆被诗人的心境所影响。由于情感的投入，这些客观存在被主观化、心灵化了，而成为审美的对象。正因着情感的贯注，边鄙荒芜的桂地山水被描绘为仙境乐土，例如，随适而安、淡泊宁静的生活态度成就了宋人李师中“归来不觉山川小，出去岂知天地宽”的胸怀，如此心境下的山水景致，闪动着至真至纯的灵性：或有“乳泉助茗碗，中有冰雪清”般清新飞动，或似“风云已与时变会，苔藓尚迹初潜痕”般神异奇峭；或作“山如仁寿者，风似圣之清”飘逸邈远。也因历朝诗人情之所至，挥笔成篇，诗文中的桂林峰、苍梧云、合浦叶已经成为广西的名片，共同塑造出一个诗情画意的广西形象，吸引着一批又一批的文人雅士前来探访。其中一个典型的例子就是中唐诗人杨遽，“他身居高位，因见阳朔风光一次而念念不忘，竟自求为阳朔邑令以饱餐佳景，遂其游览之愿。”② 阳朔也是借着杨宰喜好其山水这一逸事，在海内声名大增，成为群贤皆慕之胜境。

---

① （清）汪森：《粤西诗载》，广西人民出版社1988年版，第20页。

② 钟乃元：《唐宋粤西地域文化与诗歌研究》，广西师范大学博士学位论文，2010年。

如今，一提起桂林，众人皆能吟出“桂林山水甲天下”的颂赞；一说到柳州，就会立即想起柳宗元。文人的名字并他们的诗已与广西的地域环境密切联系在一起，跨越千年，至今仍然响彻大地。桂地景致能够名扬天下，不仅赖于倾注文人情感的诗文赞颂，还得益于历代宦游或贬黜的寓桂文人苦心孤诣、精心营建的文化景观，使清新秀美的自然风光更添了几分厚重的文化底蕴。这些文化景观从筹划到修建多由寓桂官员亲自监理，他们将情思、才力灌注于生态景观的开发上，使其文化价值与审美价值得以彰显。因“世情贱目，俗态无心”，所以“兹山接城郭之间亿万斯年，石不能言，人未称焉。”① 经过极具鉴赏能力的北地文士在诗文中的褒扬和称赞，桂地优美的自然风光才逐渐走进众人的眼睛，并且名扬四海。

文化景观开发一方面是官员政绩的表现，其中包含着一些功利因素；另一方面，它也是为当地百姓谋福的切实行动，反映了寓桂官员为国为民的济世情怀；再者，开辟岩洞、修建亭台楼阁等也使他们自己的文化活动变得盎然有趣，开荒拓径、命名题刻、聚众唱和等活动，不仅充实了文化景观开发的过程，也为寓桂文人提供契机抒发对桂地的情感，并在互相交流中提升这种情感。岩洞开凿完毕，众文士争相颂咏，于岩壁外作诗赋词，好不热闹，至今广西许多岩洞石壁上还保留着当时古人题刻的诗句，如桂林的龙隐岩、横县的布文岩洞等。文人将岩洞开辟之过程、洞内之奇观作简要描述，最后毫不掩饰地表达自己对此景致的喜爱之情，如赵夔《玄风

① 桂苑书林丛书委员会：《粤西文载校点》，广西人民出版社 1990 年版，第 71 页。

峒》一诗云："青嶂横开高几重，巉岩直上半天中。虚明洞口千年久，澄澈流来一溜通。海蚌张颐方吸月，云龙夺迹遂成风。隼旗出有随轩雨，指日秋成贺岁丰。"① 他将此岩洞视作神仙福地，风调雨顺、秋日丰收皆源于它神奇力量的护佑，所以在喜爱中还夹糅着几分尊崇和敬意。同样的，一座亭台楼阁修建成功，就为游人登临观赏、骚客雅聚宴酬提供了理想场所，于风景之中搭亭建阁，不仅是在桂宦游文人的文化策略，也是他们审美理想、文化趣味的旨归。客居粤西的贬谪、宦游和入幕府的文人之间，或与当地文士、同僚之间，往往于闲暇时在名胜处集聚，作诗文以记事抒情。或阐发胸臆，表政治之理想、审美之旨趣，如陈与义《寻诗两绝句》"无人画出陈居士，亭角寻诗满袖风。"② 或遥寄异地亲友，以表相思之意、挂念之情，如邹浩《将往昭州示柄》一诗寄永州，慰告远方亲故："音信易往来，勿动异乡情"。

诗人将主观情感的悲喜转投于瑰奇之岩洞、玲珑之亭台、高挺之楼阁，使其极富人性，通达情感，因而成为后世人景仰缅怀之胜地。与风景合而为一的人工建造已然成为桂地山水之一部分，逍遥楼、訾家洲亭、龙隐岩、还珠洞等就不只是一个客观存在的景观，因为它们多次出现在诗文中，为诗人称颂咏赞，所以氤氲着诗人真挚的深情，具有丰富的文化内蕴。借着文化名人的影响力，桂林、梧州、柳州、全州、钦州、合浦、玉林等州郡逐渐为世人所知，吸

① 此诗《全宋诗》卷2073无题，作"诗一首"。据此，《粤西诗载》卷十四作《玄风峒》，玄风峒又名元风洞、风洞，在桂林七星山下庆林观后。

② 北京大学古文献研究所：《全宋诗》，北京大学出版社1998年版，第19535页。

引了更多喜山乐水人士的探访，广西山水、桂地风光因此得美名，至今让人络绎不绝。桂地文化景观之引人入胜，不在于它的清幽、瑰奇、秀美的风光，更在于其中所承载着的文人寓桂期间含泪带血的心路历程、深挚婉转的情感。以桂地生态景观与人文景观为媒介，今人带着这样的疑问走进广西：在这片土地上为什么能够滋生出，古人在诗中所表现的或平和、或激昂；或愤懑、或畅快；或放达、或悲婉的矛盾情感。

◈第三节　别样审美

由上文所论，文学家在进行诗文创作时，把曾经游历、寓居的广西自然地理环境和人文景观视作自己的刻画对象，并将主观情感倾注其中，因而，这些流传下来的诗文中包含着他们的地域审美观念。“地域审美观”这个概念，是1995年钟仕伦在《南北文化与美学思潮》一书中首次提出的，他认为：“地域审美是一个建立在人与自然地理环境的相互关系上的概念，是特定的自然地理环境和人文地理环境在人们头脑中的创造性反映。”① 广西地域环境如何影响寓桂文人的审美心理，以及寓桂文人的文学作品中包含着怎样的审美意识，是本节意图论述之重点。“别样审美”，既指不同个体对于某一对象独特的、有别于他人的审美感受，又指某一特定环境下所形成的有异于别地的审美形态，本节主要从环境对审美的影响这

---

① 钟仕伦：《南北文化与美学思潮》，四川大学出版社1995年版，第106—107页。

一角度切入，即广西这一特定地域环境影响下，寓桂文人的诗文创作中所体现的审美风貌。

关于广西自然地理特征在前文中已有相应总结，此处不做赘述。独特的地域环境作用于初入桂地的北方仕人，他们眼中所见与心中所感皆是“殊方异物”，引起的情感反应却各不相同，或为惊奇、或为喜悦、或为忧惧。但是在一个特定的审美环境——广西自然地理环境中，相对不变的自然景观和人文景观是人们共同的观照对象，例如，龙隐岩、还珠洞、逍遥楼这些人文景致，几乎出现在所有留居或经停桂林的文士诗文中。首先，“瘴疠”“高温”“湿热”的气候特征基本是诗人普遍感受到的；其次，红豆、朱槿、桂树、桂花等特色花木，荔枝、龙眼等广西物产都是诗人随处可见、乐意为诗的题材；最后，由北而南，流放贬谪、宦游旅居的相同处境和寄居为客的普遍心理也是他们相似审美形成的重要因素。综合以上几点，可以大致归纳寓桂文学创作的以下审美特征。

一　审美意象：孤僻清幽

由于贬谪文人、入幕诗人的人生遭际使得他们对官场争斗失去信心，更愿意将情感专注于自然生态景观中，寄情山水之间。但是，空有治世之才却无用武之地的愤懑不平又一直压抑在他们心中，如此心境下，纵使好景佳物在他们眼中也不过倍增哀伤，所以他们笔端多为孤峭荒僻之景色。相较之下，宦游桂地文人的处境就好了许多，由于政务清简，他们可以将更多的时间精力集中于山水风光的游览与诗文创作上。虽偶发怀乡之愁情和不得调用之牢骚，但其创作总体还是以乐语、喜语居多，他们的诗文意境，多营造粤西地域环境之清雅幽静，给人以平和安稳之感。

1. 对草木的取舍

桂地多奇花异果，草木繁盛，为寓桂文人提供了可资写作的素材。诗人择取的草木意象不仅契合诗歌整体意境，也体现着他们的审美倾向。寓桂文人的花木诗中，既涵括南方所产的桂树、榕树、翠竹、茉莉、红豆等，也有柳、松、梅、荷等常见植物，还有一些桂地尤为有名的作物，如荔枝、柑橘等，每一种草木的细致描摹，都寄托着文人审美的理想。桂树是广西最具特色的花木，它“生必以高山之巅，冬夏常青，其类自为林，间无杂树”[①]，因这一生物特性，桂树被视作隐士独立不羁、高洁人格之象征，而为志趣高雅的文人广泛吟咏。寓桂文人写桂，多状其外观、慕其品性，如曾几在和南渡避难文人折彦质所咏《浔州桂园》中写道“十年艺桂待芳辛，岁晚风霜深印可。有怀泽畔入骚辞，配以兰椒真类我”[②]，表达了自己慕《离骚》中桂之高洁品性，愿精心培植之趣尚。另外，“翠竹”这一意象也为寓桂文人广泛使用，邹浩有《咏竹》篇：“竹，竹。濒江，遶屋。声泠泠，影矗矗。霜雪难侵，尘埃莫渎。梢云齐老松，带日映寒菊。”[③] 大赞粤西翠竹之资质、品德，是他昭州两年患难煎熬中之精神依靠。除桂、竹之外，寓桂文学中还描写了诸如榕、菊、梅等大量草木种类，此处不一一列举，但都与文人高洁的品质、审美意趣密切相关。

---

① （晋）嵇含：《南方草木卷状》（中），上海古籍出版社 1987 年版，第 6 页。

② 北京大学古典文献研究所：《全宋诗》，北京大学出版社 1998 年版，第 18523 页。

③ 同上书，第 13964 页。

2. 山水姿态的描摹

广西因石山岩洞而增瑰奇，因流水湖泊而富灵气。① 广西的山川以秀丽之特征而广为天下人所知，虽不如北方名岳之巍峨磅礴之气势，但在南国自成清秀妩媚之景象。所谓尖山万重，千峰林立，不只是桂林如此，广西各峰皆独成风景，正如南宋广西帅李曾伯所吟“面面青山总是诗”②，举目即是的桂地诸山使北方客子目不暇接，形诸笔端能叫上名的就有桂林之独秀峰、南溪山、伏波山、叠彩山；邕州之青秀山；阳朔之碧莲峰、东朗山、西朗山；容州的峤山、勾漏峰等不一而足。粤西尖山万重，但寓桂诗人虽也状群山雄伟气象之态、层峦叠秀之势，而尤爱孤峰挺峭秀拔之姿，如独秀山“孤峰不与众山俦，直入青云势未休。曾得乾坤融结意，擎天一柱在南州。”独立不羁、自成风景的独秀山就如同不屑与世俗同流合污的高洁之士，遁居山林之中，悠然自在地生活。寓居粤西异乡的文人大多孤清寂寥，亲友离散、环境不适，加上仕途不顺、前景渺茫，热闹喧嚣的乐景反而会触动他们脆弱的心弦，于是他们将眼光投放到与心境相契合的孤峰、独秀之上，以表清高孤傲之人生旨趣。孤峰不仅和于心境而显亲切可爱，而且还为游览山水的文人提供了一个绝佳的观景点，如周渭游恭城谦山，身临高巅之上，顿觉“插空峭壁白云迷，独上高巅万象低”，颇有当年杜甫“会当凌绝顶，一览众山小”之凌云志向和胸襟气魄，使消极、无望的人生在

① 钟乃元：《唐宋粤西地域文化与诗歌研究》，广西师范大学博士学位论文，2010 年。

② 北京大学古典文献研究所：《全宋诗》，北京大学出版社 1998 年版，第 38728 页。

此得到解脱并得以超越。

粤西之水，不若长江、黄河奔涌千里之气势，也比不上洞庭“气蒸云梦泽，波撼岳阳城”之浩渺，而唯以其流水之清幽灵秀、澄澈可鉴而得胜。如范成大写桂林之水，“清润不立尘，空明满生香。过清难久留，俛俯堕渺茫。”① 极尽其空明清润之特征，以表对此地流水的喜爱之情。历代寓桂诗人，多爱广西流水之清澈，如唐代韩愈《罗池庙碑》中形容柳江之水“峨之山兮柳之水，桂树团团兮白石齿齿”，水质清澈，竟可见横波之中错杂的白石。水意象在中国古典文学中占据重要地位，自《道德经》对水性进行解读之后“上善若水，水善利万物而不争。处众人所恶，故几于道。居善地，心善渊，与善仁，言善信，正善治，事善能，动善时。夫唯不争，故无尤。”② 水之德成为历代文人标榜的理想人格，桂地之水清幽灵秀、澄澈见底的审美特征正符合他们所追求的水之德，故而常观览、多咏赞。

二　审美理想：和谐共融

理想问题是美学中的核心问题。黑格尔曾指出，理想的本质在于“使外在的事物还原到具有心灵性的事物，因而使外在的现象符合心灵，成为心灵的表现。”③ 理想蕴藉着主体心灵活动过程及其内在目的，它将生命与文化融合为一体，决定着人们对完善性的渴慕和追求。寓桂文学是北方文人旅居广西期间所作之诗词文章，其

① （宋）范成大：《石湖诗集》，上海古籍出版社 1987 年版，第 694 页。

② （先秦）老子：《道德经》，中国华侨出版社 2013 年版。

③ ［德］黑格尔：《美学》（第一卷），商务印书馆 1979 年版，第 201 页。

中既有对具体情形状态的描述，也有对未来人生理想的展望，即在有限的物象形态之中，蕴含着无限的情感内涵和人生感悟。基于地域环境与主体活动的双向关系，在此寓居并进行文学创作的文人自然地关注环境与人之关系，翻阅品读他们的作品，可清晰感受到其中所传达的关于天人关系之思、宇宙规律之悟，他们所努力建构的正是一幅和谐共融之美妙景象。

1. 自然生态的和谐共生

这种和谐感首先源于诗人对自然生态环境的观照，广西辽阔的地域风光，涵盖了丰富多样的物种形态，加之温暖适宜的气候条件，万物可自然生长、安然共存。“月雾空蒙萤照水，霜风萧瑟鹭眠沙”就是章岘眼中所见桂地和谐安宁之景象：有点薄雾的夜晚，明月高悬，几只萤火虫飞舞空中，微弱的萤光映照在潺潺流水的波纹上；九月的风微凉，河边的沙地里有白鹭浅眠……即是王国维所谓惟在静中可得的“无我之境”，也是广西独有之生态环境才可涵养出来的优美风光。

文学中所营造的桂地生态和谐，还体现在创作主体有意而为的景观组合，有“烟凝迭嶂为香火，风韵疏松作道言”① 的组合，极富禅意；也有“溪边物色堪图画，林畔莺声似管弦”的配合，趣味盎然；而碧水、巉岩、奇峰的交相辉映，更是展现了自然中“青山万叠俯涟漪，时有幽花挂石衣”的活泼景象。生态意象的创造性结合，相互叠加，不仅显示了诗人细致的观察力和精绝的文字驾驭能

① 北京大学古典文献研究所：《全宋诗》，北京大学出版社 1998 年版，第 14048 页。

力，也营造出一个绿意葱茏的生态世界，引领着人们去追求一种绿色的、诗意的人生境界，即是寄寓着诗人理想的审美境界。

2. 自然景观与人文景观的和谐共存

前文提到部分寓桂文人执事期间大量建造文化景观，一来可作文教之政绩表现，二来也为游山泛水之雅趣提供便捷。在亭台楼榭、道观佛寺等人文景观的修建过程中，他们尤其注重其与原生景观即自然景观的协调，如“翠壁凌云耸，禅房面水开”① 的格局，寄寓着文人临江建水阁、依山修观宇，以使自然与人工相得益彰、和谐共存的审美理想。将自然与人工相结合的建筑景观，不仅为文人投射山林之趣提供绝妙场所；也通过两种类型景观的相互映照，为人们提供一种理想的审美世界，如宋人余良弼诗中所展现的“气郁葱中藏世界，山嵌空处见楼台”，可谓奇秀绝妙。在这个理想的审美世界中，自然景观因人文景观的点缀，于幽清安宁中更添动态之活力；人文景观则涵括于自然景观之中，共同构成桂地胜景之全貌。自然景观与人文景观的和谐共存，为游览至此的诗人营造出一个充满了诗情画意的审美世界，使他们心生感慨，盛赞“桂水净和天，南归似谪仙”（李洞《送曹郎中南归时南中用军》）。自然景观与人文景观的和谐共存，即是文人于现实中造乐园、在文字里架天桥之审美理想的展现，也正是这样的理想，使从未踏足桂地的外地诗人，也因着粤西山水风光之盛名而诗情勃发，留下如韩愈“江作青罗带，山如碧玉簪”（《送桂州严大夫同用南字》）的盛赞和郭祥

---

① 北京大学古典文献研究所：《全宋诗》，北京大学出版社 1998 年版，第 12 页。

正“雨洗山光浮碧玉，春因江色熨青罗”的妙咏。

3. 人与环境的和谐共融

天人关系是中国古代思想家、文学家共同关注和思考的话题，尤其当个体生命与所处环境产生矛盾时，这种思考更显深入厚重。寓桂文人在处理个人理想抱负与现实困顿环境方面，基本以较为积极乐观的态度面对，即使内心抑郁哀愁时，也寄希望于自然山水，在慰藉心灵的同时怡养性情。对于中国古代知识分子而言，匡扶济世是他们的理想抱负，但参加科举、进入仕途，从白衣至卿相的文人毕竟难得，而仕途不顺、横遭贬谪，甚至从高位跌至低谷的仕人委实不少。大部分寓桂诗人就是怀着这样抑郁不甘却又无可奈何的心情来到广西，许多心中苦闷无处诉说，只得将情感诉诸脚下所经之路途、眼中所见之美景，引山水为知己，求得在此情此境中，达到与环境的和谐共融。

人与环境的和谐共融，不仅仅如“感时花溅泪，恨别鸟惊心”般的情感投射，情感主体还应完全投身心于所寓居之环境中，于自然山水之间寻得超脱，以沉淀和增长生命，而不是在荒疏僻远的地方任生命倾颓、败落。寓桂文学中所表露出来的文人心态，都是较为积极乐观的，即使初至桂地时有忧惧和抱怨，但同时也为这里的奇山异水、优美风光所倾倒。在处理与异地环境的关系时，寓桂文人普遍表现得较为主动，与自然环境进行心灵的交流，登山泛水或是寻幽访胜，他们都乐意游之并以为有趣。所以他们的诗文，总是在空旷孤寂的情感基调下包蕴着宁静平和的心境，使人读之而不觉过分压抑、悲伤，反有释然、轻松之感触。

三　审美境界：奇幻妙绝

由独特的审美意象所搭建起来的审美理想，最终指向的是营造一个独具广西地域特色的审美境界。广西山水风光向来以清秀奇绝之特征而负盛名，加上历代诗人文采飞扬的称道和赞扬，更显其旖旎迷人、奇幻妙绝。

1. “平生山水趣，岭海最奇绝”

生平首次踏足广西的北方文人，常常会因它秀丽优美的自然风光而倾倒，一向以慷慨豪放、悲壮苍凉之诗风驰名文坛的张孝祥，一遇到广西的奇山秀水，格调也变得清新明丽，他惊羡于别有洞天的岩洞、秀丽明媚的山峦和澄澈清幽的江水，于诗中直抒胸臆，认为毕生所踏山水之中，唯桂地风光最为奇绝。其他有逸致闲情、山水雅趣的寓桂文人不仅游山泛水，还举行题咏刻诗的文化活动，挥毫作文更是不在话下，尤擅描摹广西绚丽多姿的风光和如诗如画的景色：如柳宗元笔下奇特的柳州山川，“岭树重遮千里目，江流曲似九回肠”；再如明代诗人姚镆眼中的古城南宁，“林邑风高云半湿，昆仑道险路偏稠”；或如李商隐所感受到的桂林，“地暖无秋色，江晴有暮晖”，无不秀丽奇绝。

2. “离桥梅子雨，归棹杏花烟”

广西气候常年湿热，又有群山绵延，瘴雾云烟久久不能消散，长期以来为人所忧恐，尤其是一些谪贬诗人带主观情绪的夸张描绘，更加深了这种惧怕。随着入桂为官的宦游文人的增多，许多文人开始对广西地区的气候作正面描述与评价，并以桂地奇丽的山水、淳朴的风俗、清简的政事入诗入文，逐渐打消士人的忧惧心理和积习的偏见。在此类诗文作品的影响下，越来越多的寓桂文人开始以客观的眼光来观看广西风景，也以更积极轻松的笔调来描刻此地山川风物，如张孝祥《送王先辈纳言归柳州》一诗，“千里景千变，一山一诗篇。离桥梅子雨，归棹杏花烟。”奇山异水，风光无限，千里之辽阔景致变幻无穷，不由使人诗性勃发，为每座山峰写下一首赞歌；而那由梅雨时节的小桥、离桥而去的小船以及簌簌落下的杏花所构成的画面，极具南国特色：如诗如梦，让人如临仙境、如踏祥云，不由得沉醉其中。此等宏阔悠远的奇幻之景，令人惊诧不已，竟生“李成不生郭熙死，奈此百嶂千峰何”（黄庭坚《过桂州》）之感叹；也有“如飞似堕皆青壁，画手不强元化强”（曹松《桂江》）的盛赞。黄庭坚以名画师方可描出粤西山水之妙，而曹松则认为此地风景乃鬼斧神工之作，画工之妙在它面前也是相形见绌。

广西丰富辽阔的地域风光，给客居异地的寓桂文人带来心灵的慰藉和安抚，也为他们的文学创作提供了多姿多彩的对象和灵感，使得远离故园的北地文人在这里找到心灵的归属感。而那些在广西山水风光、人文情感滋养下创作出来的寓桂文学作品，则以诗的形式向世人展现了独具地方特色的粤西地域及文化特征，为人们构建了一个清新秀丽的广西形象。此类作品体裁多样，风格不一，但在文字的炼用、情感的蕴藉方面都达到一定的高度，因而具有较高的文学价值；当然，其中所蕴含的文化价值、审美价值等也不可忽视。与神奇的桂地山水一起，寓桂文学作品在广西地域文化发展史中占据不可忽视的重要地位，长久地屹立于中华大地的诗情画廊间，供人品鉴仰叹。

第四章

广西人文环境对寓桂文学创作的影响

广西有着悠久的人文历史。先秦时期，广西为百越居住地（称西瓯、骆越、瓯骆）。秦始皇三十三年（公元前214年）统一岭南，置南海郡（治所在今广州市）、桂林郡（治所在今广西中部贵港市）、象郡（治所在今广西西南部崇左市）三郡。今广西含桂林郡的全部，象郡的大部分地区，南海、长沙、黔中等郡的一部分地区。汉武帝元鼎六年（公元前111年）平定南越（今广东、广西地），设的南九郡，今广西含苍梧、郁林、合浦三郡。唐太宗贞观后，将全国分为十道，广西属岭南道；唐懿宗咸通三年（公元861年）时，岭南被分为东、西两道，广西属于岭南西道。宋朝将全国区域分为十五路，广西称广南西路，简称广西路，“广西”之称始于宋。元朝分全国为11行省，广西隶属于湖广行省；元顺帝至正二十三年（公元1363年）在湖广行省南部增设广西行中书省，开“广西省”之先河。清朝设广西省，民国时期，沿袭清制设省。1949年中华人民共和国成立后仍设广西省。1958年建立省级的广西壮族自治区，首府设在南宁市。广西东连广东省，南边与北部湾相邻，与海南省隔海相望，西面、西北面、东北面、西南面分别与云南省、贵州省、湖南省和越南毗邻。凭借湘江沟通了广西与中原、荆湘的文化通道。凭借红水河、黔江连通了与广东的粤桂文化通道。历史悠久的湘桂、粤桂两大文化通道，为广西各族人民接受其他民族的文化提供了便利。广西共有 12 个世居民族，多民族大家庭长期和睦相处，生活、语言互相影响，民俗文化丰富，形成了独特的地域人文环境。

自秦汉以来，广西各地相继归附中原王朝版图。为了加强对岭南地区的统治，历代统治者都在广西立州置县，设官守土。宋代以后，广西还成为独立、稳定的行政区域。随着各级政权机构的广泛建立，来自全国各地的官员等人纷纷来到广西。同时由于自然环境恶劣，广西还是历史上的流放地之一。“五岭炎蒸地，从来着逐臣。”① 宋代李伯纪的《道经容州诗》中写道：“得归归未得，路留绣江滨；感慨伤春望，侨居多北人”，正是当时寓居广西的文人的真实写照。因此以做官、贬谪、幕僚、游历四种方式寓居广西的文人成为寓桂文人的重要组成部分。广西是唐宋时期被流贬之常地，比如我们所熟知的文人宋之问、刘禹锡、柳宗元、李商隐等，都曾作诗记录过在流放地的见闻、民族风情，《过蛮洞》《蛮子歌》《柳州峒氓》《桂林》《昭州》等诗作都分别出自这些流放诗人之手，主要描写桂州、昭州、宜州、邕州等地的风俗民情。广西独具特色的民俗、农耕文化、衣食住行、宗教信仰等都对寓桂文学创作产生了影响。颜延之、元晦、柳宗元、苏轼、黄庭坚、秦观、范成大、张孝祥、解缙、王守仁、康有为、赵翼等人先后来到广西，在带来

① （宋）王象之：《舆地纪胜》，中华书局 1992 年版。

先进的中原文化的同时，也受到岭南文化的影响，为文学创作中融入了新鲜的元素。

除此之外，还有很多寓桂文人记录了广西的风俗文化、风土人情。如唐代学者段公路曾在咸通年间，到岭南供职，并根据自己在岭南地区的见闻写下了《北户录》一书，主要记录岭南的奇物异事，包括岭南地的动植物、器物等，不仅可以从中看到岭南地区丰富的物产资源，还可以知晓当地人民的风俗习惯和生活情境，如当地的特色美食和民间信仰等。同时代的刘恂撰写的《岭表录异》也记述了岭南异物异事，书中花了大量篇幅用于记录岭南的食物，特别是海产类，比如鱼、虾、海蟹、蚌蛤等，书中不仅记录了这些食物的滋味，还教人烹制的方法。宋代范成大在广西桂林任职期间，收集、记载广西的风土人情撰写了《桂海虞衡志》。

◇第一节　民俗景观

民俗是一个民族的生活文化，由这个民族的人民创造并世代传承，最终成为这个民族约定俗成的集体习俗。民俗是一种常见的文化现象，是千百年来民众创造的认知系统，是在日常生活中以口头的方式来传承的一种模式。[①] 民俗源于生活，它包括民间的服饰、饮食、建筑、信仰、节日、生产等相关的生活习惯，因日常所需而形成大家共同遵守的习俗。广西容纳了壮、汉、瑶、苗、侗、仫佬、毛南、回、京、水、彝、仡佬共12个世居民族，融合了西南

① 过伟：《广西民俗》，甘肃人民出版社2003年版，第26页。

十几个少数民族的文化精华，有着丰富的民族特色、风格迥异的民俗景观。

壮族是广西的土著民族，也是我国少数民族中人口最多的民族，主要聚居在广西的柳州、南宁、百色、河池等地，也有相当一部分地区与汉族、瑶族、侗族、仫佬族、毛南族等民族杂居。唱歌是壮族人民的特长，早在汉代，刘向的《说苑·善说篇》中就记载了先秦时期壮族先民所唱的《越人歌》。壮族民歌无论是在形式上，还是在内容上都十分丰富多彩，句式长短不一：二三句、三四句，甚至还更多，当时主要以七字句、腰脚韵为主。歌的类型也涵盖壮族先民生活的各个部分，比如有盘歌（或称"猜歌"），婚嫁有哭嫁歌，乔迁新居有贺新居歌，记录日常生活的有生活歌，从事农耕活动的有农事歌，此外还有时政歌、历史歌等等，这些壮歌都寓情于景，以景抒情，以猜谜、盘问、对歌等形式唱出人们的心声，形成了壮族人民独特的歌唱文化。也正因为壮族人民能歌、爱歌，也就由日常的歌唱逐渐发展为唱山歌会，一般都有固定的时间和地点，称为"歌圩"或"歌节"。一般而言，大型的歌圩主要定于农历三月初三举行，而春节、四月八、中元节、中秋节以及婚嫁、满月、新房落成等喜庆吉日甚至是日常的劳作、生产等也会以歌为伴，形成小型的歌圩。

歌圩既是壮族人民举行传统文化活动的地方，也是青年男女集聚一堂进行社交的场所。一般在特定时间、特定地点举行的歌唱活动，在壮语中经常被称为"圩欢 fawh fwen""圩逢 fawh faengz""笼峒 loengz dungh""窝坡 og boz"等，这种歌唱活动起源可追溯至氏族部落时期，一般是先民们用于祭祀神灵、祈求生育、祈祷丰收的活动。随着社会的发展，歌唱的功能也越来越丰富，后来也逐步成为青年男女进行社交的方式，大家汇聚一起，“以歌代言”“以歌择偶”，向对方传达情谊、爱意等。而歌圩发展到今天，已经发展成为群众性的游乐节日。现广西壮族自治区政府已经出台政策将每年的农历三月初三定为壮族歌节，并有广西专属的“三月三”假期，形成广西特有的壮族“三月三”文化艺术节，使壮族的歌圩逐步走向规范和正统。

潘其旭在《壮族歌圩研究》① 一书中曾以“蛙婆节”为例对歌圩与民族部落祭祀活动的关系进行过论述。“蛙婆节”是东兰壮族人民在每年正月期间自发举办的祭祀活动，其目的主要是祈祷新年风调雨顺、五谷丰登、丁财两旺、六畜兴旺。而关于“蛙婆节”的来由，也颇有趣味。相传，青蛙是天帝派到凡间管理桑稼的农神，但误被一位农夫全部毒死，导致当年大旱，庄稼一片荒芜，颗粒无收。后来，天帝告知青蛙的身份，道明旱灾的缘由，因而下令人们将死去的青蛙找回，日夜祭拜，并要求举办隆重的葬礼将其埋葬，以赎罪过，以此祈求来年风调雨顺。人们为了求得好兆头，就在每年的正月举行祭蛙活动，“蛙婆节”因此而得名。“蛙婆节”一般持续一个月，从正月初一至月底，历经“寻蛙婆”——“祭蛙婆”——“唱蛙婆”——“葬蛙婆”四个环节：首先是“寻蛙婆”阶段，每年正月初一起，村民们便到野外田间寻找青蛙，找到青蛙后，人们会敲锣打鼓、载歌载舞以示庆祝，炮声四起以迎蛙神。第二步便是将找到的青蛙护送到指定的地点，也就是祭蛙亭。首先颂

① 潘其旭：《壮族歌圩研究》，广西民族出版社 1991 年版。

蛙师要给青蛙进行祷颂，然后将青蛙装入金黄色的竹筒灵棺内，再由两个人抬着装有青蛙的灵棺（一般称为“蛙婆棺”）前往寨内的人家门前，一个个祝贺赐福，然后家里的主人作为还愿要将糯米、钱币、糍粑、红蛋等奉给蛙婆。到了晚上，全寨的男女老少要到祭蛙亭“守灵”，以祈祷新年风调雨顺，这被称为“祭蛙婆”。与此同时，寨中的人张灯结彩，敲打铜鼓，对唱山歌，一般称作“唱蛙婆”。月底，风水师选好风水宝地，算好良辰，由蛙师、长老引领，高举画有五谷六畜、虫鱼鸟兽的幡旗，敲锣打鼓，为蛙婆举行送葬仪式。这是活动的第四阶段“葬蛙婆”。整个活动，持续的时间长，参与的人数极多，仪式繁杂，活动多彩多样，热闹非凡。

歌圩作为壮族青年男女进行社交的场所，每到歌圩日，青年们会汇聚一起，三五成群通宵达旦地对唱山歌，天黑就举着火把，在田边、树下、山间、竹林等进行对歌，这边问那边答，你唱我和，互诉衷肠，表达爱慕之情。明代学者邝露曾在《赤雅》中描述过对歌的场景：“……三三五五，采芳拾翠于山椒水湄，歌唱为乐。男亦三五成群，歌而赴之。”① 壮族学者黄现璠先生也曾说过：“壮族自古以来就是一个爱唱山歌的民族，可说壮族山歌是壮族文明的源点和重要传播手段之一。壮话称山歌为‘家’或‘欢’。唱山歌叫‘唱家’。何为‘家’？古代女子无家，女以男为家，故女子的‘嫁’字即由‘女’和‘家’两字组成，表明女子与男子共同生活始有‘家’。如何‘嫁’人寻‘家’，壮族妇女即靠唱‘家’（山歌）来寻找中意男人成家，壮族古来‘倚歌择偶’的风俗即由此

---

① 蓝鸿恩：《赤雅考释》，广西民族出版社 1995 年版。

而来。”①

壮族民歌充斥着壮族人生产生活的各个角落，壮族民歌曲目繁多，许多经典之作更是口耳相传历经百年而不辍。这一方面是壮族人喜歌爱唱的民族特质所决定的，另一方面也是与壮族歌圩这一特定的传统习俗活动有着密不可分的联系。壮族歌圩是一个审美与仪式的复合体，作为审美活动的壮族歌圩让人们在欣赏那清透美妙的歌声的同时也获得精神的愉悦与满足，作为仪式活动的壮族歌圩让人们在固定的时间、地点参与的过程中获得精神的圣化与神秘感。壮族歌圩具有审美与仪式的双重属性，审美与仪式在此活动中合二为一，因此从审美仪式化与仪式审美化的两方面对壮族歌圩进行深化的研究，对于正确解读壮族歌圩是十分必要的。在一些寓桂作家的作品中可以看到对壮族人民对歌的描写。

解缙为江西吉水人，永乐四年（公元1406年）曾被贬官广西，任广西布政司参议，寓桂期间创作了大量的诗歌作品，其中《七星岩·之二》就反映壮族人民喜爱对歌的习俗：

就日门前春水生，伏波岩下钓船轻。
漓江倒影山如画，榕树交柯翠夹城。
村店午时鸡乱叫，游人陌上酒初醒。
殊方异俗同熙皞，欲进讴歌合颂声。

此诗首联和颔联描绘了桂林优美山水风光，尾联“殊方异俗同

① 黄现璠、甘文杰、甘文豪：《韦拔群评传》，广西师范大学出版社2008年版。

熙皞，欲进讴歌合颂声”则描写了壮族和汉族不同的对歌风俗，整首诗描绘出一幅优美的山水风光与民俗风情交融的地域风俗画。

侗族主要分布在广西的桂北丘陵地区，比如三江侗族自治县、龙胜各族自治县、融水苗族自治县等地，受当地地形、气候、生活习俗、历史积淀、文化传承等影响，侗族形成了其独具特色的民俗景观，如远近闻名的侗族风雨桥，还有不同的文化节日，比如花炮节（侗族称为“送暴王”）、春牛节（又称“立春节”或“送春日”节）、共耕节（侗语称为“月地瓦”）、土王节、油茶节、祭“三王”节、吃新节、斗牛节、姓氏节、侗年（又称“吃冬节”或“冬节”）等，其中花炮节是侗族一年一度中规模最大的集传统祭神祈福、聚会、娱乐为一体的节日。

虽然是同一个传统节日，但不同的地方举行的日期却不同。龙胜侗族一年举行两次抢花炮活动，时间分别是农历三月十三和六月二十四；三江侗族是在正月初三（农历，下同）举行，梅林是二月初二，富禄是三月初三，而林溪却是十月二十六。而花炮节的来历传说是与龙女有关，相传在很久以前，有一位美丽善良又勇敢的侗族姑娘在河边救了一条正在被水蛇吞食的小花鱼，翌年的农历三月初三，这位侗族姑娘又来到河边洗衣服，忽然水波澎湃，一位妙龄少女就亭亭玉立在水波之上，一边向天空撒花，一边轻声呼唤正在洗衣服的侗族姑娘，并告诉她自己是龙王的女儿，为答谢姑娘的救命之恩，其父王命她来到人间寻找救命恩人。从此以后，龙王的女儿爱上了人间并经常来人间游玩，人们也非常喜欢她，与她相处得十分融洽，然而不久后此事被龙王知道了，龙王担心女儿在人间的安危，便下令将她关了起来，从此龙女便与人间断绝了来往，人们为了表达对龙女的思念，就聚集在江边撒花，年复一年。到后来，人们认为花炮是龙女带来的吉祥物，因而最后演变成了花炮节，成为人们祭祀、祈福、娱乐的活动。

花炮分为头、二、三炮，包炮都系上一个象征幸福的铁圈，外用红绿线包扎。燃放时以火药铁炮为冲力，把铁圈冲上高空。当铁圈掉下来时，人们便以铁圈为目标，蜂拥争夺，谓之“抢花炮”。据说，抢得头炮，福禄寿喜，抢得二炮，五谷丰登，六畜兴旺；抢得三炮，丁财两旺，吉祥如意。总之，谁抢得花炮，谁在这一年里就能顺风顺水，幸福安康。清康熙四十四年（公元 1705 年）修的广西《上林县志》也对花炮节有记载：“三月三玄帝诞辰，建斋设醮，或徘优歌舞，乐工鼓吹三日夜，谓之三三胜会。至期送圣，群放花炮酬神；求子者竞得花炮头以为吉利，且主来岁之缘首焉。”①可见，花炮节被赋予了神圣、崇高的特性，是吉祥幸运的象征。侗族花炮节传承至今融入了唱侗戏、演彩调、吹芦笙、“多耶”、对歌、斗鸟、打篮球等人们喜爱的节目助兴，展示了侗族特有的民俗风情，使花炮节永葆活力。花炮节在侗族人民的心中是十分重要的节日。

瑶族是我国华南地区分布最广的少数民族，是我国乃至世界上最长寿的民族之一。传说瑶族是盘瓠和妻子三公主（汉族）的后裔。都安、巴马、金秀、富川、大化、恭城是广西瑶族主要聚居的六个瑶族自治县，呈大分散、小聚居的分布特点。广西瑶族有众多支系，比如河池南丹白裤瑶、百色凌云背篓瑶、蓝靛瑶、桂平盘瑶

① 康熙四十四年（1705），张邵振编纂《上林县志》成书，共两卷。

等，其中，广西金秀瑶族自治县就汇聚有5个支系的瑶族，包括盘瑶、花篮瑶、茶山瑶、山子瑶、坳瑶等，因而被称为“世界瑶族之乡”。著名的社会学家费孝通先生曾说：“大瑶山的瑶族是全国支系较多，民俗表现最为典型的。目前世界人类研究的两个民族热点，其中就有瑶族。世界瑶族研究中心在中国，中国瑶族研究中心在金秀。”

瑶族虽然有自己的语言，但是目前还没有形成文字，这就决定了他们的文学活动形式以歌瑶和传说故事为主。比如《密洛陀》《盘瓠传说》神话等，都有鲜明的民族特色和浓厚的生活气息。神话叙事诗《密洛陀》主要流传在巴马、都安等地，歌颂女始祖密洛陀开创万物的功绩，体现了瑶族先民对自然和人类社会的理解认知。《盘瓠》神话反映的是瑶族先民的图腾崇拜，歌颂了英雄祖先。洪水滔天神话《伏羲兄妹》则歌颂了洪水遗民再创人类的斗争精神。此外，还有民间传说故事《竹笛》《谁的本领最大》，古歌《瑶族歌堂曲》《盘古造天地》等，每一部作品都反映了瑶族先民的生活习俗和思想。

到了唐朝至1840年鸦片战争时期，瑶族人民进一步创作了大量的诗歌、传说、故事和说词。最为出名的是《盘王歌》，《盘王歌》是瑶族长歌的代表作，整首长歌长达万行，形式多样，不拘一格，内容丰富，可视为集古典瑶歌为一体的鸿篇巨制，是祭盘王的圣歌。还有《交趾曲》《海南信》《桃川信歌》等信歌，反映了瑶族的迁徙、查亲、爱情。还有金秀的《石牌话》《彩话》，都安和巴马的《说亲词》等作品则成为瑶族文学的新形式，主要反映瑶族的社会历史、婚姻习俗等。另有《千家垌》《达努节的传说》《五彩带》《白鼠衣》等传说故事从不同的侧面反映地方风物、民族习俗及歌颂爱情和智慧人物。可以说，独特的瑶族风情，滋养了丰富多彩的瑶族文学。

上文中提到广西是历史上的流放地之一，广西的地域、民族风情为流放的官员、文人提供了创作的契机。而提起流放文人，不得不提的是柳宗元，其《柳州峒氓》就是在被流放柳州时所作：

郡城南下接通津，异服殊音不可亲。
青箬裹盐归峒客，绿荷包饭趁虚人。
鹅毛御腊缝山罽，鸡骨占年拜水神。
愁向公庭问重译，欲投章甫作文身。

这首七言律诗写的就是诗人在柳州的见闻，包括写峒氓的生活、习俗，比如诗中提到柳州峒氓大多住在山村，盐等日常生活必需品要到郡城集市去买，“青箬裹盐归峒客，绿荷包饭趁虚人”两句正是对峒氓辛苦赶集买盐往返情景的描述，“鹅毛御腊缝山罽”一句则写到峒氓们用鹅毛制成的被子来抵御寒冷。“鸡骨占年拜水神”写的是峒氓的迷信风俗，以占卜预知年景的好坏。向水神祈祷一年风调雨顺，写出了柳州地区独特的民俗风情。诗人在最后两句表示愿意入乡随俗，不希望只在公庭上通过译员来了解峒氓，更愿意脱掉士大夫服装，随峒氓的习俗，刺文身，与他们学习亲近。

又如李商隐的《桂林》：

城窄山将压，江宽地共浮。
东南通绝域，西北有高楼。
神护青枫岸，龙移白石湫。
殊乡竟何祷，箫鼓不曾休。

这首诗形象地写出了桂林山水那令人神驰的动态美，也表达了作者的心境。

宋代末年被贬象州的王安中，曾在流寓期间创作众多诗歌，比如《居象州》：

孔子生阙里，居不陋九夷。
象郡虽云远，土地各有宜。
疏梅香渡水，瘦竹笋穿篱。
坐待百卉芳，春风兼四时。
惜哉此江山，顾肯游者谁？

这首词对象州地区独特的地形、气候、环境进行了描写，表达了词人对象州的喜爱，地方虽远，但景物怡人。

第二节　农耕景观

中国自古就是一个以农业生产为主的国家，农业生产在广西也占有非常重要的地位。广西属于南方水稻农耕文化（也称稻作文化）区，大部分地区以种植水稻为主，兼种植有红薯、芋头、甘蔗、水果等。

广西的农耕景观以壮族最具代表性。壮族的农业文明是壮族人民勤劳与智慧的结晶，广西壮族是具有悠久历史的以农耕为主的农业民族，考古和相关民族史料记载证明，壮族先民是我国最早把野生稻驯化为栽培稻，创造农耕稻作文明的民族之一。古代文明的产生与粮食生产的发展有密切的关系，稻作农业成为文明社会的重要标志。壮族先民居住的珠江流域属于亚热带地区，地理气候环境适宜水稻种植，壮族自古以来就是我国典型的稻作民族，他们把水田称为“那”，以“那”字冠名的地名遍布珠江流域及东南亚地区。“那”字地名蕴藏的稻作文化和民族文化的丰富内涵，成为这一地区的鲜明标志和历史印记，形成独具特色的“那文化”。“壮族及其先民在长期的历史发展过程中，形成了一个据‘那’而作，凭‘那’而居，赖‘那’而食，依‘那’而乐，以‘那’为本的生产模式及‘那文化’体系。”①《山海经》《诗经》《说文解字》中的“秜”“秏”“糇”等字，是壮语中对野生稻、稻米、稻谷的记音。

独特的农耕景观自然孕育出灿烂的农耕文化，比如与农耕有关的民间传说、歌谣等。被壮族人民所熟知的两部重要的壮族作品《姆洛甲》和《布洛陀》对农业起源都作了传说性的记载，比如说姆洛甲、布洛陀对农业有很好的管理才能，早已懂得疏理江河、挖渠引水、开凿田地，教人们学会种植五谷、除草施肥、饲养禽畜、防治虫害等一系列耕种养殖的方法，开创了农耕事业的伟绩。还有

---

① 黄桂秋：《壮族传统文化与现代传承》，光明日报出版社2016年版，第7页。

《谷种和狗尾巴》[①] 讲述的是九尾狗到天庭找谷种并用尾巴沾满谷粒带回人间，这便是有关稻谷来源的传说。《莫一大王》[②] 的传说也描述了关于农耕引水的情节："从前，河池九好与五坪之间隔着一排高山，九好常旱，五好常涝，莫一用伞柄在大山脚轻轻一戳，便把山脚捅穿了个洞，水从洞里流过，两边都不旱不涝了。"此外，与农耕有关的传说还有《岑逊王》《金色的种子》《艾撤和艾苏》等。

有关于农耕的传说，必然就少不了有关农耕的歌谣，比如邕宁壮族《农事季节歌》[③]：

正月进立春，耙田闹纷纷；
雨水一过去，忙把谷种浸。
二月进惊蛰，地田两头牵；
春分种舍禾，完舍再种田。
三月进清明，割麦又撒秧；
谷雨一过去，田桐水茫茫。
四月立夏来，种田进小满；
农家从此后，要护好禾苗。
五月到芒种，人人赶耘田；
夏至一过去，耘过四五遍。

① 韦其麟：《壮族民间文学概观》，广西人民出版社 1988 年版，第 20 页。

② 《莫一大王》传说广泛流传于河池、南丹、宜山、柳城等壮族地区，桂北每年农历六月初二，那里的人都过莫一大王节，又称五谷庙节。

③ 欧阳若修：《壮族文学史》（第一册），广西人民出版社 1986 年版，第 155—156 页。

六月进小暑，农活更忙碌；
赶收又赶种，不能过大暑。
……

这首诗歌按时间顺序描写了壮族人民进行农耕的一系列过程，从正月到六月，从泡种子、犁田、播种、插秧、护苗到收割等，把水稻种植的整个场景压缩于一个时空中，形成了一幅壮观的农耕景观图。

此外还有《喜雨歌》和《苦旱歌》也是人们用来祈祷风调雨顺的歌谣。比如《喜雨歌》①：

正月二十几，搭桥来祈雨。
诚心来求拜，不愁没有雨。
只要雷公响，就是雨来时。
……
清明三月初，家家去扫墓。
雷公响隆隆，大雨倾如注。
每月下场雨，丰收把得住。
……
八月秋分来，溪水盖田头。
不论高低田，田水涂涂流。

---

① 欧阳若修：《壮族文学史》（第一册），广西人民出版社 1986 年版，第 157—158 页。

风调雨又顺，收成无须忧。
九月是重阳，田野收割忙。
家家吃新米，粮食收进仓。
感谢老天爷，降雨来相帮。

这首诗歌写出了人们对甘雨的祈盼，也说明了自然气候对水稻种植的影响，也就是人们常说的“靠天吃饭”。

而《苦旱歌》则是描述了耕种时节的旱灾情况，以及干旱给农作物和人民生活带来的威胁；此外，还有《车水歌》《选苗歌》《播小米歌》和《茅郎歌》等，也都是体现了人民在耕种过程中所面临的种种问题以及对播种经验的总结。

南宋时期的李曾伯著有《可斋杂稿》34 卷，《可斋续稿》前 8 卷、后 12 卷，今存诗词 200 余首。其钟情桂林山水，留下诸如《题西山诗》《桂林即事》《桂林鹿鸣宴乐语口号》等诗歌。比如《桂林即事》①：

每测南方候，时惊北客心。
一冬无雁过，三月有蛩吟。
槐暑常临午，梅霖不待壬。
近来知节适，不怕瘴烟侵。
一日四时具，从来五岭然。

① 甘伟珊、周文涛：《寓桂历史人物》，广西师范大学出版社 2009 年版，第 186 页。

留连落花雨，依约熟梅天。
瘴重常垂箔，春深未脱绵。
新来那戒饮，未夜已思眠。

这首诗中提及了桂林的自然景观及独特的气候特征，也正是我们水稻种植的季节。

提及桂林，不能不说的是龙胜梯田。龙脊地区主要居住着壮、瑶两个民族，壮族有悠久的水稻种植历史，而龙胜梯田则是广西农耕文化的重要代表之一。龙胜梯田建于元朝，于清初完工，至今已有650多年历史。居住在这里的人民，由于地势影响，祖祖辈辈只能向高山要粮，筑埂开田，为了满足日常生活需要，无论是在水流湍急的溪谷还是在云雾缭绕的峰峦，但凡能开垦种植的地方，都开凿了梯田。就这样历经了几百年的开垦，才形成了今天“小山如螺，大山成塔”的壮观的龙胜梯田景观。当地人民的建筑风格、饮食习惯、传统节日等都被打上了农耕文化的烙印，他们所积累下来的生产经验，孕育了广西独特而深厚的农耕文化，显示出当地人民的智慧。龙胜梯田不愧为广西水稻种植的“生态博物馆”。

第三节　衣食住行

正所谓一方水土养育一方人，在中国，不同的地域、地貌、气候和温度也给我们呈现了不一样的自然景观和人文景观。表征在这方水土的差异性也就显现于这一区域的人们在衣食住行的日常生活活动中。作为人类最基本的物质生活要素，衣食住行不仅影响着我们的基本的生活需求，也在一定程度上展示着这一区域特殊的人文景观和文化特质。广西是多民族聚居地区，53 个少数民族的聚居也在这一区域展示了区别于中原地区的服饰、饮食、建筑和出行方式。

衣　广西民族众多，加之他们生活的村寨、地形、气候、历史、文化有所不同，使得广西各地的服饰格外丰富多样，其中特别是少数民族妇女的服饰，如苗族姑娘的节日盛装百鸟衣，侗家妇女百花吐袍般的百福裙，白彝妇女戴挂的胸裙，都显得绚丽多姿。同时，广西各民族的服饰，还因性别、年龄、季节、礼仪不同而有所差异。特别是女性婚前婚后的衣饰，更是有着鲜明的区别和标志。这种与婚恋习俗密切相关的服饰文化，更显示了广西服饰习俗的多彩和迷人。

广西壮族的服饰在很大程度上和汉族的服饰保持着一致性，但在桂西北的一些乡村中，尤其是年长的中年妇女中，他们的服饰制作和风格还保持着自己本民族的特色。在这一区域，多数中老年壮族妇女多穿没有领子、带有绣花绲边的上衣，有着宽大裤筒的裤子，他们在外出行的时候经常穿着自己制作的绣花鞋，并且喜欢佩戴与银饰相关的首饰。在广西壮族自治区西南部的凭祥和龙州的大部分地区，多数的中年乡村妇女到现在仍然穿着无领的黑色上衣，头上包裹成方块形状的黑色手帕，下身穿着黑色宽脚的裤子。古代中国壮族也曾流行过凿齿、文身等传统的习俗。唐代文学家柳宗元曾在柳州担任过官职，就在书中提到过柳州的侗族人多数有文身的传统。徐佩印和施桂英等主编的《民族风情》（河南人民出版社 1985 年版）一书中也提到过有关于瑶族和侗族妇女绣眉的记载。

其中，侗族妇女在先民时期就有绣眉的习俗，这在一定程度上是有关于文身的变异。女孩在即将进入青春期时就要绣眉。女孩在一生中只得绣一回，因此绣眉对于女孩来说显得十分的庄重和认真，并且这种仪式对于所有男性是保密的。绣眉需要在成年姐姐的指导下进行，这种眉形以弯和细为主。在宋代官方地理总志《太平寰宇记》一书中也记载了今天贵港市一带的妇女在出嫁时要凿掉一颗牙齿的传统，这种仪式在古书中被称为“凿齿”。这种“凿齿”风俗很是古老，与青年男女实行成年礼有一定的相关性。就像《太平寰宇记》所记载的贵港一带的青年女孩在出嫁的时候要实行“凿齿”礼仪一样，成年男子也会有这种仪式，以表明自己已到“而立之年”，可以享有性生活的权利。凿齿习俗在广西地区影响深远，随着历史的演进和物质生活水平的提高，凿齿和镶牙也紧密地联系在一起。至今，在龙江等地区，一些青年男女还是会在成年之时镶上金贵的牙齿，以显示美和尊贵。

广西侗族服饰色彩斑斓，在不同的年龄段、不同的季节有着不一样的服饰。就上身的衣襟而言，有左衽、右衽和对襟之分。这里需要注意的是左衽在广西壮族服饰中是指前襟向左侧掩饰，而在中原地区，只有死者才穿戴左衽的衣服，这也从侧面体现了服饰之于不同民族之间生死观的差异。在扣饰的种类方面，有布扣、铜扣和银扣这几类。在裤饰上，有裤装和裙装的差别。在人们所选择服饰的颜色方面，多数侗族人钟爱于青、蓝、黑和白色。在配饰方面，更是极为讲究，大抵有头饰、颈饰、胸饰、腰饰、手饰和脚饰。在配饰方面，仅仅头饰就达 50 余种，并且以银饰为主。具体的分类有银花冠，银簪、银梳、银发链、银耳环和银耳坠。妇女盛装之时，让人觉得银光闪闪。其中，侗族妇女的发式也比较特别，分前、后、左右挽发髻或者盘发辫于头顶，这是有着明显的地区差别的。

瑶族男性和女性，喜欢留着长发。古书中就有瑶族人男女留发，盘结在头顶上，并且命名为“椎髻”的记载。根据汉文史籍所述，早在《后汉书》中就有瑶族的先人们“好五色衣服”的记录。之后的史书古籍中也记载有瑶族人民“椎发跣足，衣斑斓布”。

食　得天独厚的广西，气候炎热，雨水充沛，物产丰富，生活在这里的各族人民不仅种植了丰富的粮食、蔬菜、水果，养殖了各种禽畜，还创造了多种多样的美味佳肴。比如壮乡那皮脆肉烂的烤香猪，汉族的夹芋扣肉、纸包鸡，瑶家的香绣，苗家的酸鸭、酸鱼，皆美味诱人。同时，广西各族的饮食习俗，不论是平时的日常饮食，还是节日食品，待客时的特殊饮食习俗，诸如搞香曲竹筒饭、大年粽，以及瑶族的迎客三关酒，苗家的扯耳敬酒和“分心共享，肝胆情长”等，皆异彩纷呈，令人陶醉。

壮族是最早栽培和种植水稻的民族之一，稻作文化十分发达。广西民族研究所研究员覃乃昌在《壮族稻作农业史》一书中提出了珠江上游的壮族地区是我国栽培稻的发源地之一的说法。覃乃昌运用了民族语言学的研究范式，对古今侗族和壮族有关水稻的汉字进行了深入的研究，并且根据语言发生学的原理，认为栽培稻很早就出现在侗壮语民族居住地区。在今广西壮族自治区首府南宁市范围，发现了壮族祖先遗留下来的一些贝丘遗址，并从中出土了一万多年前的原始石磨盘和石磨棒等水稻的脱壳工具。这些有关于水稻起源和水稻种植的历史考证都在很大程度上印证了壮族是最早栽培和种植水稻的民族之一。

以稻米为原料的食品制作方式多种多样，主要有蒸、煮、炒、焖、炸等。其中米饭、米粥、米粉、米糕和糍粑是壮族人民喜爱的食品。若加入其他食材，还可以制成其他味美营养的食品，诸如八宝饭、八宝粥、竹筒饭、南瓜饭、“彩色糯米饭”等。对于居住在干旱山区的壮族人民而言，由于不适宜种植水稻，则以玉米为主要食材原料。壮族人民喜爱吃水生产品，鱼、蛤、螺、蚌，都是比较美味的海鲜生物；还有山林中的菌果、鸣蝉、山蛇和一些山中野猪，也是壮族人民的日常佳肴。

侗族也以大米为主要饮食作物，同时也食用玉米、高粱和薯类，但一般都是为调剂口味而进行搭配的。肉食类以家养的禽畜为主，大抵和平原地区的家禽养殖的动物差不多，尤其喜欢吃鱼。蔬菜品种也多种多样，青菜、白菜、萝卜、茄子、黄瓜、南瓜、冬瓜和辣椒是广西人民最为普遍的日常食材。妇女和小孩也会经常上山寻找一些野生竹笋、菌子、蕨菜。男人们农闲之时捉野猪、竹鼠、山鸡等食用。制酒和饮酒也是侗族人民重要的饮食活动之一，酒多以糯米酿成，家家都会自己酿制。侗族人家喜爱会客，并且以酒为乐，平时日常劳作则以酒来缓解疲惫之感。大部分地区每天会做三次饭，多数地方早餐吃油茶，而把午餐称为早饭。吃饭时一般都是摆设比较低的桌子和板凳（这与中原地区的桌椅高度很不一样），然后集聚在一起享受美食。饭桌之上摆设的有“牛瘪”、烧鱼、红肉等特殊食品。多以“油茶”“酸宴”和“合拢饭”招待客人。

玉米和稻米是瑶族主要的饮食来源。岭南多数属于亚热带季风气候，四季温暖，比较适合蔬菜生长，人们常年都可以吃到鲜嫩的蔬菜。芥菜、白菜、萝卜、辣椒、茄子是主要的蔬菜作物；瓜豆类可以吃到黄瓜、冬瓜、豆角、黄豆等；肉类和中原地区的大抵无异，主要有猪肉、鸡肉、鸭肉、牛肉、羊肉等；油类也自然很是丰盛，有猪油、花生油、茶油、向日葵籽油等。在广西桂林北部的一些地区有比较著名的“打油菜”，这种制作方法就是把经油炒泡开后的茶叶煎浓汤，然后加食盐调味，最后用以冲泡炒米花等物，具有浓郁的地方民族特色，有的地方以此代替午餐。吃“肉山”是广西壮族自治区金秀瑶族为自己的小孩做“三朝”时招待客人的独特吃法。其中，金秀瑶族大部分人居住在广西壮族自治区的金秀瑶族自治县，它是有来宾市所辖的自治县，同时也是全国成立比较早的自治县。金秀瑶族人保留了很多属于自己的风俗习惯，饮食方面，以吃“肉山”最为显特。肉山由九层菜肴组织而成，最下边是由竹笋、香菇、猪肠、猪肉等构成；第二、四层是瘦肉、猪肝、猪肚等，每块都是大块肉；第三层和第五层都是肥肉片；最上层则用一块重约两斤的肥肉覆盖。整座“肉山”可重达二十斤左右，并且装在一个特制的比较大的簸箕里面，客人围“肉山”而坐，享受着肉山所带给他们的美味。

除了各地的特色饮食，广西的水果等特产也非常丰富。1100 年苏轼内迁廉州（今广西合浦）写下了《连州龙眼质味殊绝可敌荔枝》诗，对南方的两种特产水果进行了比较：

龙眼与荔枝，异出同父祖。
端如柑与橘，未易相可否。

异哉西海滨，琪树罗玄圃。
累累似桃李，一一流膏乳。
坐疑星陨空，又恐珠还浦。
图经未尝说，玉食远莫数。
独使皴皮生，弄色映雕俎。
蛮荒非汝辱，幸免妃子污。①

诗中对龙眼这种水果的美味进行的赞颂，并将其比喻为陨落的星星、还浦的珍珠。

苏轼的另一首诗《留别廉守》对合浦的特色食品烤猪、小饼进行了记载：

编萑以苴猪，瑾涂以涂之。
小饼如嚼月，中有酥与饴。
悬知合浦人，长诵东坡诗。
好在真一酒，为我醉宗资。

住 住，在这里特指住宅，也就是民居建筑。人们用一定的物质材料和劳动方式建造的一种具有挡风、遮阳和避雨作用的可供人们栖身、活动的私人空间，所以也称为居室。换言之，就是人们在这个实体空间里栖息。由居住而衍生的有关于住宅的建构、风俗和

① 甘伟珊、周文涛：《寓桂历史人物》，广西师范大学出版社2009年版，第141页。

一系列约定俗成的习惯凝聚在居住文化中。居住文化是人类丰富多彩的物质文化和精神文化体系中的一个重要组成部分。中国古代以及和现代有关的居住文化是人类文化的核心，是一定社会的经济文化和民族心态的综合反映。①

晋代张华《博物志》记载："南越巢居，北朔穴居，避寒暑也。"巢居也就是干栏，又称干阑。《魏书·僚传》："依树积木，以居其上，名曰干阑。干阑大小，随其家口之数"。干阑又写作干栏，用壮语来解释，"干"是"上边"的意思，"栏"是"房舍"的表征，干栏就是上边的房舍，也就是"人栖其上，牛、羊、犬、豕、畜其下"②。最初的干栏是在大树杈下架木搭棚而居，所以有巢居的说法。后来移至地面，竖柱建屋，共两层，底层仅有几根柱子，没有围墙，上面建房舍以供居住。底层围以篱笆栅栏或石陪，用以饲养牲畜。这种样式的房屋是壮族和侗族及其他山地民族进行房舍建设的滥觞，是为了适应当地的自然生态环境而创造出来的。后来，这种建筑形式发展成为美观实用的具有浓厚地方色彩和民族特色的村落建筑。

以瑶族的民居建筑为例。瑶族是世界上比较古老的民族之一，同时也是世界上最长寿的民族之一。瑶族目前广泛地分布在中国的西南地区，他们多聚集在偏远的山区，居住的海拔也比较高，有1000米左右。瑶族民居建筑的取材也因地制宜，就地取材。瑶族在长期的迁移、改变和发展中形成了自己独特的文化，其建筑风格奇

① 覃彩銮：《广西居住文化》，广西人民出版社1996年版，第1页。

② （宋）乐史：《太平寰宇记》。

特，独树一帜。

中华人民共和国成立之前，处于边远山区的瑶族大部分住竹舍、木屋和茅屋，相当一部分还住所谓的“人字棚”这种古老的建筑，他们常常使用杉木条来支撑屋架，在屋顶上覆盖干草和杉树皮，在房屋的周围以小杂木和竹子片来作为围壁。在大山之中，还存在一种“半洞居”的住宅形式，也就是依山挖洞，在山洞之外用杉木来接盖住宅，上面也是盖着杉皮。白天在住宅区活动，晚上可以在山洞里睡觉。这种“半洞居”的住宅形式很类似于陕北的窑洞。在坡度比较陡的山岭地区，也存在一种“吊楼”式的建筑，也就是房屋的一半建在坡地上，另外一半则依靠山势的角度大小来建筑吊楼。分布在一些丘陵和盆地的瑶族人的聚集地，他们的住房多采用土木或者泥木形式。房屋的建筑大抵分为住房和寮房。

瑶族的房舍建设大抵分成四种样式，分别是：杆栏式、横宽式、曲线长廊式和直线长廊式。广西壮族自治区来宾市金秀瑶族自治县的金秀大瑶山地区的传统房屋就富有特色，房屋正门有两个，分别是阴门和阳门，平时当地人的出入只经过阳门，阴门紧闭。在遇有丧事和家内祭祀时，阴门才可打开，这是为了亡灵的出入方便而设。我们得知，民间流传着人在去世的“头七”有返回自己的房屋的说法，此阴门的设置也意在如此。这里同时也指涉了文化心理对于民族建筑的深远影响。建筑是凝固为物体的人生。人生在现实世界中体现得最全面、最完整、最为生动的，莫过于建筑。[①] 宗教文化对于瑶族建筑的布局有一定的影响。在景东瑶族中，他们认为

---

① 郑光直：《负正论——建筑本质新析》，《新建筑》总第3期。

户与户之间的门房不可以交错，否则会引发口角而导致邻里之间的不和谐。盖房动工前要祭拜鲁班神灵，在房屋立柱上梁之时也要祭拜一下鲁班，祈求神灵赐予这户人家人丁兴旺，和顺美满。在上梁的过程中，要在梁上压着一块红布，里面包着一些硬币、太极图、八卦图和一些糯米粒。在房屋建好之后也要杀鸡摆宴席以祭拜祖先。整个建房过程充满了很强的宗教色彩。同时，家庭伦理对于建筑的结构和居住的分配也有着很深的影响。如果一个家庭的建筑是以“四合院”来建造的，一般而言是正房高于侧房。住房的安排一般是家长或者更年长的长辈住在正房，也即堂屋的右侧，兄弟子侄住在侧房。

行　交通运输，在人类生产、生活中发挥着重要作用。随着商品流通、贸易往来和人际交流的日趋频繁，交通也随之发展。在广西，特别是一些偏远的民族村寨，民间还传承着古老的交通习俗，有人主动为村里修桥、铺路，有人为山径建造供过往行人歇息的路亭，有人在亭子里烧粥，供行人解渴充饥……在广西贺州的富川县，就有着悠久深远的历史交通遗址——潇贺古道。潇贺古道是中国古代尤其是隋唐以前一条极为重要的交通要道，它连接中原和岭南地区，是一条军事要道和经济运输要道。其中也是古代中原文化和楚越文化交融发展的主要交通道路，具有十分重要的战略地位和影响力。潇贺古道不仅仅是一条运输道路，同时也承载着政治、经济、社会、人文的交流。作为潇贺古道两广第一站的富川，最早接受汉文化的辐射，留下了深深的古道文化烙印。早在唐代，富川就有敖山石窟寺书房、东水书房等。宋代嘉定十三年（公元1220年）由秀峰进士、会稽太守毛基创建的“江东书院”更是成为粤桂名序。它比两广有名的梧州绿漪书院早建250多年[①]。

随着现代化进程的不断推进，最为现代性事物的火车、汽车、飞机等快捷动力型交通工具给予了我们出行的方便，提高了我们的办事效率，拉近了区域与区域之间的物理距离。但是，目前在广西壮族自治区还有相当数量的、质地考究的风雨桥和一些典雅的凉亭。它们陪衬在古道的两旁，在向我们诉说着历史，表征着厚重的人文关怀。这亦古亦新，宜快宜慢的独特景致，仿佛时光穿越，令人着迷。

第四节　宗教信仰

宗教是社会发展到一定阶段出现的社会意识，“一切宗教都不过是支配着人们日常生活的外部力量在人们头脑中的虚幻的反映。在这种反映中，人间的力量采取非人间力量的形式。”[②] 远古时期，人们生活在万物有灵观念的支配下，各种宗教行为，实际上是这种古老的信仰观念的表现。汉代司马迁在《史记·封禅书》中的描述是最早对壮族先民信仰习俗的记录：“是时既灭南越（今广东、广西地）……乃令越巫立越祝祠，安台无坛，亦祠天神上帝百鬼，而以鸡卜。”这个习俗，我们至今能从花山岩画和古铜鼓上找到相应的影像：花山岩画中，既有光芒四射的太阳和下方祈祷、歌舞的人像，也有头插羽毛、头戴羽冠、身缀羽衣的“鸟人”；广西出土的

---

① 徐新辉编：《潇贺古道在富川》，广西人民出版社2016年版，第37页。

② 恩格斯：《反杜林论》，人民出版社1970年版，第311页。

很多古铜鼓，在鼓面中央都铸有太阳，四周缠绕飞鸟纹。目前广西、云南尚存的《鸡卜经》有60多部，经书不仅记载了占卜、祭祀等步骤，还记录了壮族特有的生产生活方式、道德观念、行为规范、社会风俗与制度等，堪称一部民族文化的“活化石”。

壮族没有统一的宗教信仰。壮族民间宗教信仰包括原生型民间宗教和次生型民间宗教两个方面。中国古代的先民们对于自己无法解释的一些自然现象就归于神灵的旨意，所以早先就有关于占卜的学问，他们对于一些区别于自己的其他的生物也有了图腾的崇拜，这也构成了早期的宗教的雏形。在少数民族的地方这种对于天神和图腾的崇拜也十分地明显。壮族民间信仰也不例外，他们信仰多神，崇拜天神、土地神、巨石神、树神等。他们对于青蛙也奉为神灵，视青蛙为图腾的崇拜。依他们的看法，青蛙的繁殖能力比较强，由于早前的原始社会自然条件恶劣，人的存活率和寿命较短，人们对于青蛙的图腾崇拜也意味着人们对于生殖能力的崇拜和向往。

魏晋时期及其以后，随着道教和佛教先后从中原地区传入壮族地区，壮族宗教信仰体系在其影响下发生了一定程度上的变形，这种民间宗教信仰也由原生型的民间宗教向次生型或者衍生型的民间宗教信仰转化。在这种情况下，形成以起先的麽教为主，到后面融合道教和佛教为一体，信仰多神的“宗教”，并出现了沟通天神和民间的半职业性的职业——师公。师公这种职业，很类似于西方的教皇和教会，他们都有较完整的教规教义和相关的组织，同时师公也区别于道教那样具有严格的修行常规，师公的职责就是为民间祈福禳灾，驱鬼事神；所行法事也融合了巫师作法、道教修仙和佛教度生的一些因子。同时，在中原地区和一些少数民族的汉族聚集地所信奉的汉族道教的正一道和太一道在壮族聚集地区也有所流行并产生了相当的影响力，其神职人员壮语称之为道公，因为他们专事念经符咒而很少去解释经文，所以在民间又称“喃嘆先生”。道公和真正的道家教徒也是有着很明显的区别的，道公对道教的教义和教规虽然有遵从，但也已经过壮族本土宗教文化的融合和改造后而具有方士特质。道公没有固定的寺院，多数以设坛组班的形式进行暂时性的法事仪式，他们祀奉的神祇除道教所特有者外，同时也加进了佛教和壮族的本土神。

从古印度传入到中国的佛教由于它的教义教规，诸如极乐世界、禁欲素食等，与壮族人的价值观念和生活习惯相抵触，所以对壮族人的影响力并不大。广西壮族地区虽然也建筑了少数的佛家寺院，但是它的规模及其住持僧尼人数远不及中原地区的一般寺庙，其信徒也多是南方少数民族聚居的少数汉族人群（当然，现在汉族人口即使在少数民族聚居的地方也有着相当的数量）。即使这样，佛教的一些教义和主张，还是得到了壮族人民的认同，例如体现在佛教生死轮回教义的“前世不修”这个词语，也成为一些壮族妇女在做了错事或者亏心事之后来表示自我谴责的口头禅。

侗族信仰自然之物，树木、大山、天、地等都是他们信仰的对象。侗族相信万事万物皆有灵气，认为人死以后，灵魂就脱离自己的肉身而回到祖先居住的地方，因此他们崇拜祖先。在侗族聚居的南部地区，他们崇拜女性神，并称之为——“萨”，就是祖母的意思。在诸多女性神之中，有把守桥头的女神，有播放天花的女神，有坐守山林的女神等。在众多的女神中有一位尊神——“萨岁”，她主宰着人间的一切。一些侗寨都建有“萨”的神坛，神坛有专职人员看管，每年的新春之日是寨人祭“萨”的日子，届时举行盛大的祭典。平时寨中男女举行各种活动在“萨”坛前祭祀，以求平安。

瑶族人民的宗教信仰在早期也属于原生型的宗教信仰，它是处于多神崇拜的状态，这和壮族起先的宗教信仰有很大的相关性，也是属于多神崇拜。在过去，瑶族人民认为万事万物皆有灵气，他们对自然存在敬畏之心，祭拜家神、水神、风神、雨神、雷神、树神等，每逢年节都进行庄严的烧香祭拜。对于生产过程中的每一次重要的环节都要请师公占卦选择良辰吉日，并举行祭奠活动。盘瑶和山子瑶大多数是在山岭上进行农耕活动，他们潜意识的认为山都是由山神来掌管，只有敬奉山神才能有收获，所以在追逐山里糟蹋农作物的野兽时，起先要由师公来唤醒或者召唤山神，祈求山神保佑他们猎得野兽，以此来保护农作物。获得猎物之后，要先用兽头祭过山神，而后将剩余的部分再进行分配。

瑶族人认为人死后存在着三个鬼魂：一个在坟地，一个在家里，一个在扬州十八洞。由于瑶族人受到过的敬畏鬼魂，崇拜鬼神的天神崇拜的观念影响，瑶族人对死的处理有自己独特的章法，他们生发了不同的葬礼葬法。瑶族的天神崇拜是伴随着鬼魂崇拜的产生和发展而形成的。一些部落首领死后成为人们共同崇拜的祖先神。其中，跳盘王和清明扫墓是瑶族祖先崇拜的典型表现。这也是和中原地区人们对于炎黄二帝的崇拜有着很大的相关性。

在中国古代，宗教思想和文化对于作家和诗人有着深刻的影响。他们有的是虔诚的宗教徒，有的在创作时会潜意识地利用与宗教有关的素材。在广西这个多民族聚居的地方，不同民族的不同的图腾信仰深刻地烙印在文人的文学创作中。特别是在唐代，当时国力的昌盛，也带来了文化的大繁荣，其中儒、道、释三教并行，不分先后的政策已成定制。在唐代，佛教和道教对于当时的诗人影响深远，其中广西诗人曹唐（桂州人，今广西桂林人）就是其中的最为明显的代表。他曾经是个道士，返俗后，多次进行科举考试均未取得很好的成绩，后在邵州、句管等使府从事。在曹唐的诸多诗歌中，《洛东兰若归》这首诗就很明显地表现了他欲遁入空门，但终归于红尘的矛盾心情，具有很强的佛教意味。具体诗作如下：

一衲老禅床，吾生半异乡。
管弦愁里老，书剑梦中忙。
鸟急山初暝，蝉稀树正凉。
又归何处去，尘路月苍苍。

在晚唐史诗中，曹唐所书写的百余首游仙诗在晚唐诗歌中留下了足够重的分量。他的游仙诗的一个显著的特点就是大量的运用道家的神话传说来激发自己的想象力并且以营造属于自己的文学创作趣味和旨意。曹唐曾经为道士，在修行期间，广泛的研读自己所感兴趣的道教神话故事，为自己的游仙诗作积累了大量的写作素材。在游仙诗题材的创作中，他自己写出了大游仙诗 50 多篇，小游仙诗将近百篇。这些积累的题材大多来自于道家的神话传说，如《玉女杜兰香下嫁于张硕》和《张硕重寄杜兰香》。这些原本都是一些神话传说，在不断被广泛流传的过程中，被一些从事道家修行的人所接受和吸纳，最终成为道教传说。曹唐就是在广泛阅读这些有关道教神话传说的基础上丰富了自己的文学创作素材。

宗教在一定程度上促进、丰富了文学艺术的表现技巧。唐代著名诗人、骈文家李商隐曾在桂州幕府生活近一年，今存桂幕期间创作的诗歌约40首，骈文数量数十篇。桂幕期间是其诗歌创作和骈文创作的重要时期之一。[①] 李商隐最为著名也最难解读的就是那首《锦瑟》：

锦瑟无端五十弦，一弦一柱思华年。
庄生晓梦迷蝴蝶，望帝春心托杜鹃。
沧海月明珠有泪，蓝田日暖玉生烟。
此情可待成追忆，只是当时已惘然。

颔联的上句，采用了用典的表现手法，讲的是庄周梦见自己身化为蝶，栩栩然而飞，不知不觉之中忘记自家是“庄周”其人了；梦醒之后，自家仍然是庄周，但不知蝴蝶已经飞向何处。《庄子·齐物论》中讲道：“庄周梦为蝴蝶，栩栩然蝴蝶也；自喻适志与！不知周也。俄然觉，则蘧蘧然周也。不知周之梦为蝴蝶与？蝴蝶之梦为周与。”李商隐在此引述庄周梦蝶故事，以言人生如梦，往事如烟的含义。道家的思想对于古代的文人影响深远，而这篇诗作中“庄周梦蝶”的典故正是诗人在现实生活中所遭遇的种种不幸与自

① 莫道才：《李商隐寓桂居所遗址考》，《安徽师范大学学报》（人文社会科学版）2002年第1期。

己所渴求的理想生活相矛盾的物化的体现。其中具有浓郁的道教的虚无之感，而这种具有宗教色彩的用典在此诗中给予了我们无限的想象力，并且深化了主题思想。

不同身份的外地人来到广西有着不同的态度和体验，他们所创作出来的诗歌也有着不同的特质。南宋陈藻在“崎岖岭海”期间就曾经到过广西桂林、融州、柳州等地方，在此期间他共创作了二十多首诗篇。陈藻先生描写广西的自然景观和一些与之相关的人文景观都是比较客观中肯的，没有像其他贬谪诗人那么不切合实际地描写广西恶劣的自然环境，令人产生一种畏惧之心。陈藻对于广西少数民族的风土人情的记载也是相对客观公正的，一些记载的风俗习惯在今天的壮族和瑶族的传统习俗中也都能找到。陈藻出行每到一个地方不由得都会借眼前的情景表现出强烈的羁旅思乡之感，他经常与家乡朋友或者当地朋友寄赠酬唱，表达与朋友之间的真挚友谊。

唐代的段公路在咸通年间曾于岭南供职，并且撰写了《北户录》一书。该书专记岭南地域的奇闻逸事，卷一主要讲述动物，卷二和卷三讲述器物、植物等，从书中不仅可以了解唐代时期广东地区的物产风貌，也可以得知当地多样的食品和民间的占卜方法。

在段公路的《北户录》中就记载了当时邕州人用鸡蛋占卜的风俗——鸡卵卜。古人会在蛋壳上写一些字，用火烧并使蛋壳破裂，然后观察蛋白流出后粘在哪个字上；把鸡蛋打在盛放清水的碗里，查看蛋黄上代表日月星辰的小泡的位置是否均匀；打破鸡蛋，查看它的液体流散在地面所显示的形状；将蛋煮熟切掉一半并取走蛋黄，观察蛋白上留下的阴影黑点……与此同时，还要用念咒语的方式让鸡蛋立起、用鸡蛋在病人身体上来回滚动之后再放进锅内煮熟，请卜者验看等。这种占卜方式，叫作“鸡卵卜”。

这些都是古人以鸡蛋有神性的思想写照。古人又认为但凡遇喜庆之事，必有妖魅相扰；或某些特定的节气，必有疾病入侵。所以吃鸡蛋来防范，就成为必不可少的习俗。从晋周处《风土记》、南朝梁宗懔《荆楚岁时记》等古书记载中的正旦服鸡子的故事，到现在流行于广西地区的“三月三，吃鸡蛋”习俗，都在一定程度上是从古人的鸡卵术演化而来的。

第五章

寓桂文学创作的转型

在中国的历史进程中，由于政治气候、自身原因等多种因素，使得作家身份发生转型，寓桂作家从体制化的束缚中抽离出来，身份的转型使寓桂作家的阅历更加丰富，视野更加开阔。由于身份地位以及常住地的变化，寓桂作家的创作也从原有的文化审美表达向人们心理、思想的深刻体认而转变。提升文学的审美品位和文学价值，是寓桂作家自觉的选择，他们以重塑文学精神为己任，不断寻求作品精神内涵的提升。地域的变化，使寓桂作家的文学创作不再像他们先前那样局限于“主流意识形态 + 个人语境”的单一模式，而是呈现出了强烈的创新意识和多样化的创作形态。对寓桂作家而言，由一种文体转向另一种文体，作家们的各种创作方法的探索和运用，不仅是想象力和创造力的再分配，也是对于美学范式的创新和背离，包括强化主体意识的诉求和个体意识的表达。寓桂作家几乎都经历了地理空间的转移和精神空间的回归。他们在家乡完成或开启了对异乡的想象，又在异乡强烈地怀念着故乡故土，絮絮不停地讲述着家乡的故事。这种与本地区、本民族文化血脉和精神传统无法割舍的情感与情结，成为了寓桂作家开放意识的催化剂和创作转型的驱动力。

◈第一节　文体转型

寓桂文学家大致有以下几种：一种是宦游，因为到广西做官或者途经广西而寓桂，如杨芳、元结、元晦、张九龄等；一种是贬谪，因为不得圣意或者做错事而被贬谪岭南，从而不得不寓桂，如柳宗元、宋之问等；一种是入幕，因为投奔在广西做官的或宗室的幕下而寓桂，如李商隐等。这些寓桂作家不同于广西本地人，他们因为不同原因来到广西，始终是“独在异乡为异客”，有着无法排遣的“异客心态”，加之历史上的广西是荒蛮落后之地，所以他们对于广西有着更加深切和复杂的情感体验，寓桂文学创作也有别于之前，普遍存在文体等方面的转型。

杨芳，字以德，号济寰（一说济宁），明朝万历二十七年以右副都御史巡抚广西。他在桂主政 8 年，游遍桂林的名山秀水，所到之处，挥毫泼墨，在龙隐洞、还珠洞、省春岩、七星岩、叠彩山和全州湘山寺等 14 处名胜古刹留有题刻，这些题刻大多为性情之作，但杨芳作为广西的一任父母官，诗文中处处充满“小资”情调，不免引来了学者的非议。《桂林旅游大典》是这样评价他的：“各处题诗，记录了他沉迷于玩乐，从早到晚，‘赓吟那觉晓钟闻’；走到哪喝到哪，‘纡辔寻幽壑，停杯吊谪仙’……没有片言只字道及民间疾苦。”其实杨芳并非玩物丧志的昏官。他在广西当政期间，广西的学校条件相当落败破旧，学田一片荒芜，无法保证老师们基本的衣食供给，于是他积极筹钱购置了学田，从而保证学校收支供给。最大的文学贡献则是他留下了一部《殿粤要纂》。明朝开国以来，广西的东部一直处于刀光剑影之中，直到公元1622年反抗明朝的烽火才基本停息，只有29年时间是平静的。当时大型的农民起义就有四起：古田起义、八寨起义、府江起义和大藤峡起义。仅是镇压大滕峡瑶族起义，明朝政府就动用了33.5万的兵力。烽火四起的农民起义使明朝政府疲惫不堪。在中原人士看来，广西钦州“巨浸南溟，无极接天，中州之地至此而尽，十万大山横跨西维，界分华夏。”① 周去非认为，虽然“钦、廉皆号极边，去安南境不相远”，而“廉之西，钦也；钦之西，安南也”（《岭外代答》卷一《地理门》）②。朱熹更明确地说广西帅臣“实专西南一面，军政边防之寄，责任至重”（《辞免知静江府第二状》）③。广西军事区位非常重要，杨芳到广西任职时，疾风暴雨的农民起义已渐入尾声。在这种情况下，如何总结历史经验教训，加强对广西的统治，便成了为官者的首要任务。杨芳新官上任，便提出写“一册在手，不越盈尺而内境向背虚实皆知”的军事兵防宝典《殿粤要纂》，即“安定广西各要塞的资料总汇”，得到属下部分官员的大力支持。万历二十七年四月，杨芳下令广西布政使整理基础材料。接到命令后，布政使沈修等人率部下着手收集资料，于当年九月向杨芳提交了图及图的说明。杨芳又让平乐府通判詹景凤书文写图，让梧州府推官林

---

① （宋）林希元：《嘉靖钦州志》（天一阁藏明代方志选刊），上海古籍书店1961年版。

② （宋）周去非：《岭外代答》（影印文渊阁四库全书第589册），上海古籍出版社1987年版，第399页。

③ （清）汪森：《粤西文载》（影印文渊阁四库全书第1465册），上海古籍出版社1987年版，第489页。

茂槐担当校正。万历三十年春，《殿粤要纂》终于大功告成。全书共4卷，插有129幅地图，具体记录和描绘了当时广西11府、48州、53县、14司的地形关隘、兵力布置、军饷供给、民族分布、交通联络等重要的状况。书中提到广西“防之贵严，而备之贵豫”，当年广西全省的军队编制“官军、哨队、目兵、民款、打手、耕兵”共6.0278万人，兵器6.6233万件。《殿粤要纂》先图后文，图文并证，让读者对广西当时的军政情况一目了然。此书属高度的军事机密，如果落入敌人之手，攻克广西便如囊中取物，后果将不堪设想。于是朝廷将它深藏于密室，致使当时能见到的人很少，后人更是只闻其名，不见其影。

由于广西明代留下的志书文献不多，虽然此书是防范少数民族的军事总结，但涉及了广西行政区划、山川地理、民族分布、民情等内容，特别是该书地图中，有多幅对民族分布情况标示得很详细，还使用了一些土俗字和简笔汉字，实属罕见。对后人了解和研究明朝，有着十分重要的价值。

柳宗元经历了十年永州贬谪生涯，又贬到了更为偏远的柳州作刺史，柳州四年，深深的哀怨成为柳宗元柳州诗的一个显著特点①。存世的164首诗歌中，绝大部分作于贬谪永州和柳州期间，其诗歌数量虽然不多，但是艺术价值和文学价值极高，后世称其“深得骚学”②。寓柳的四年，柳宗元诗歌创作最明显的变化就是文体形式由五言转变为七言，由古体转变为近体。刘熙载认为“五言亲，七

---

① 李跃：《试论柳宗元在柳州时期的诗》，《广西师范大学学报》1982年第1期。

② 郭绍虞：《沧浪诗话校释》，人民文学出版社1961年版。

言尊"[1]，体现在山水诗歌的创作上，自六朝谢灵运以来，为了表现对于山水的"亲"，诗人们大多选择五言形式；而柳宗元在永州的十年，政治上的失意苦闷使得他只能通过亲近山水来暂时排解忧愤，而到了柳州四年，柳宗元的诗歌发生了一个明显的演变轨迹，在政治上和情感上更加理智成熟，使得柳宗元需要一种更加精密的形式，既能抒发情感，又能体现自己的理智，故而采用七言的形式，尽可能在有限的形式里抒发跳跃的情感。在柳州所作的60余首诗歌中，七言代表作有《岭南江行》《与浩初上人同看山寄京华亲故》《登柳州城寄漳、汀、封、连四州》等，而五言仅有一首，且在永州时期大型的山水长篇在柳州代之以短小精悍的律诗绝句，这种句法篇幅的明显转变，是柳宗元文学创作日益成熟的标志，也正因为此种转变，使得柳宗元完成了由"文人柳宗元"向"诗人柳宗元"的转变，成为一个相对更加"纯粹的诗人"。

◇第二节　题材转型

《隋书》卷三十一《地理志》云："自岭以南，二十余郡，大率土地下湿，皆多瘴疠，人尤夭折……其人性并轻悍，易兴逆节，椎结踑踞，乃其旧风……巢居崖处，尽力农事。刻木为符契，言誓至死不改。父子别业，父贫，乃有质身于子，诸獠皆然。"[2] 这段记述可以代表当时人们对于广西的普遍性看法：广西地理位置偏

---

① （清）刘熙载：《艺概》，上海古籍出版社1978年版，第69页。

② （唐）魏征：《隋书》，中华书局1973年版，第887页。

远，自古就是贬谪的去处，寓桂文人自然会有一种沦落的心态；瘴气和湿气严重，气候相对恶劣，民风彪悍，寓桂文人又会产生忧惧心态；但同时，广西也有秀美绝伦的山水风光和独特的喀斯特地貌，动植物种类繁多，风光迥异于平原，故而寓桂文人的作品题材相对更加丰富多样，有对于广西自然风光、民风民俗、特色物产以及沦落心态等的描写和开拓，同时对于对象的选取，甚至对于政务教化的描写也多了起来。为官或行旅文人的诗文集存量较多，作品题咏风物胜迹，述史纪事，或记载事业兴建，或唱酬投赠，其作多可考见当时政治、经济、文化以及社会生活、民风民俗等情形，极大地丰富了诗文的题材内容。

第一，对于山水题材的开拓。当文人们因为种种原因来到广西，"桂州山水清"[①]，第一次看到如此独特的山水风光，文人们自然而然激发起内心创作的灵感，广西秀美绮丽的自然山川便进入了文人们的山水作品中。但同时，无论是因为什么原因来到了这片陌生的土地，外来的寓桂文人总有一种挥之不去的"异乡人"的心态，"异服殊音不可亲"[②]，身在远离朝堂、远离家乡、远离亲人的广西，与当地人语言不通、风俗相异，内心自然萌生一种无法排遣却又无法摆脱的失意和忧惧心理，内心的挣扎和郁闷无人诉说，唯有登高望远、寄情山水了，故而寓桂文人创作了大量的山水诗。唐代曾被朝廷派到桂林做官的诗人张固，写下了《独秀山》：

① 梁超然、毛水清：《曹邺诗注》，上海古籍出版社 1980 年版，第 36 页。
② （清）汪森：《粤西诗载》（三），广西人民出版社 1988 年版，第 8 页。

孤峰不与众山俦，直入青云势未休。

会得乾坤融结意，擎天一柱在南州。①

诗中对于桂林山峰的奇特进行了优美传神的描绘，写出了桂林的山峰“孤峰不与众山俦”的特点，独立成峰，“擎天一柱”，“桂山之奇，宜为天下第一。”对于广西独特的山峰描写的诗歌众多，对于山水甲天下的漓江的描述也多见诸诗人笔端。

桂水秋更绿，寄书西上鳞。——李群玉《送萧绾之桂林》

碧桂水连海，苍梧云满山。——杨衡《桂州与陈羽念别》

桂水依旧绿，佳人本不还。——李群玉《经佳人故居》

在寓桂诗人的笔下，桂林山水的形象是碧绿、幽致、澄澈的。广西优美而独特的山水风光也为诗人们提供了更多的创作热情和题材，在传统的山水诗的范畴内，增添了岭南的山水形象。

第二，对于广西名胜古迹的描写。广西不仅有奇山秀水和岩洞风光，更有历朝历代遗留下来的众多亭楼祠庙等名胜古迹。寓桂文人们在无可消遣的时候与三五友人约在这些亭台楼阁中，共同消解政治上的不如意和远离家乡亲人的漂泊心态，在名胜处静心安虑，以求一种精神上的安慰或者说慰藉；作家们独自登高凭栏，凭吊古迹，尽情抒发怀古喻今的感怀。因此，广西众多的亭楼祠庙都在寓桂文人们的作品中有所体现，尤其常见的名胜古迹有柳州城楼、碧

① （清）汪森：《粤西诗载》（七），广西人民出版社1988年版，第11页。

浔亭、东观亭、逍遥楼、黄潭舜祠、香顶台等，例如韦瓘写有《留诗碧浔亭》：

> 半年领郡固无劳，一日为心素所操。
> 轮奂未成绳墨在，规模已壮闶闳高。
> 理人虽切才常短，薄宦都缘命不遭。
> 从此归耕洛川上，大千江路任风涛。①

诗人徜徉在碧浔亭以求得心灵的慰藉。据《桂林风土记》记载："亭馆，大中初前韦舍人瓘创造。在子城东北隅十余步，接近逍遥楼，角近大江。馆宇宏丽，制作精致，高下敞豁，冠诸亭院。"② 碧浔亭，为唐代寓桂官员韦瓘所建。从诗人的这首《留诗碧浔亭》中可以看出，诗人平时忙于仕途经济，忙于名利奔走，身心疲惫不堪，而在闲暇之余登上碧浔亭远眺桂林的美景，看到如此幽致的景色，不禁形神放松，并且萌生了从此离开仕途，归隐山林的隐逸情怀，此时的碧浔亭已经成为诗人在繁重的工作闲暇之时慰藉心灵的不二场所。

除了能够暂时寄托情思、慰藉心灵之外，寓桂文人们在生活的闲暇之余通过醉心于这些风景优美、历史悠久的名胜古迹，能够暂时忘却自己内心的感伤和忧郁情思。例如刘言史作有《桂江中题香顶台》一诗，通过在香顶台的所见所思，感悟到了佛的幽静和

---

① （清）汪森：《粤西诗载》（三），广西人民出版社 1988 年版，第 12 页。

② （唐）莫休符：《桂林风土记》，中华书局 1991 年版，第 2 页。

安详：

岧岧香积凌空翠，天上名花落幽地。
老僧相对竟无言，山鸟却呼诸佛字。①

当然，凭栏登高本身也会触动诗人更多的感慨和伤悲。例如宋之问在被贬谪之后在桂林的黄潭舜祠写出了《桂林黄潭舜祠》：

虞世巡百越，相传葬九疑。精灵游此地，祠树日光辉。
禋祭忽群望，丹青图二妃。神来兽率舞，仙去凤还飞。
日暝山气落，江空谭霭微。帝乡三万里，乘彼白云归。②

通过描写黄潭舜祠的来历和舜的事迹，联想到舜的娥皇女英二位妃子以及神兽仙凤，在去国三万里的遥远广西，希望自己能够乘白云归帝京，无限感慨蕴含其中。

登高望远、思乡怀人也是寓桂文人特别钟爱的事情。正因如此，广西的许多高楼进入到了诗人们的作品中来。例如宋之问在登高逍遥楼时，作出了《登逍遥楼》一诗：

逍遥楼上望乡关，绿水泓澄云雾间。
北去衡阳二千里，无因雁足系书还。③

---

① （清）汪森：《粤西诗载》（七），广西人民出版社 1988 年版，第 10 页。
② （清）汪森：《粤西诗载》（一），广西人民出版社 1988 年版，第 30 页。
③ （清）汪森：《粤西诗载》（四），广西人民出版社 1988 年版，第 10 页。

诗人登上桂林的逍遥楼，登高望远，自己的家乡衡阳离着二千里遥远的距离，中间还有绿水云雾遮住了视线，更没有鸿雁为自己传递家书，无限的思乡怀人之情跃然纸上。

柳宗元因为参加二王永贞革新政治运动失败，被贬谪到永州，后又被贬谪柳州，同时被贬谪边远地区的还有刘禹锡、韩泰、陈谏、韩晔四位好友，柳宗元在柳州写下了《登柳州城寄漳、汀、封、连四州》，诗人登高怀人，首联为我们描绘了一幅海天相接、愁思弥漫的望远景象，扣准题目的“登柳州城”；颈联和颔联所用的意象有“密雨”“薜荔”“曲江”等，烘托出一种风雨萧条、山雨欲来的悲凉氛围，尾联感情收束得当，借景抒情，表达出诗人对于四位和自己身份遭际相似的友人们的无限思念。

清代寓桂诗人金志章，在广西期间作有多首诗歌，诗人自称“我生癖山水，游览性所耽”，故而其作品中对于广西的名胜古迹题咏很多，每到一个名胜之地，就忍不住诗兴大发，以至于花桥、听月台诸景点，亦一一咏题。其中著名的有《独秀峰》《颜公洞》《游七星岩栖霞寺》《栖霞洞》《叠彩岩》等题咏之作，广西的名胜古迹开拓了诗人的视野，也增加了诗人的写作题材。

由是观之，在寓桂文人们的眼中，广西的名胜古迹有着不一般的重要意义，通过登高凭栏，诗人们的心灵不但可以得到慰藉，而且可以抒发自己满腔的思乡怀人的情怀。同时，通过凭吊古迹，生发一种怀古幽情，对自己漂泊不定的宦途也有一定的感叹。这种种复杂而深刻的情感，都由名胜古迹来作为载体，被寓桂文人们写入诗文中。

第三，开拓了传统贬谪诗的题材。贬谪文学源远流长，从屈原和贾谊开始，贬谪文学就不断流行发展。身在仕途的中央官员们，稍有不慎动辄会遭受到政治斗争的无妄之灾，就会遭受贬谪，远离庙堂。当文人们被贬谪到边远落后的地区，自己政治上的不得意，加之思念亲故的情怀以及被贬谪放逐到远离中原的苦闷，种种复杂而忧郁的情绪交织于一身，忧愤心情无法排遣，“物不得其平则鸣”，故而发泄到笔端，贬谪文学由此绵延不绝。广西历史上在中原人的认知里就是最为偏远的地区之一，且气候恶劣、文化落后，不适合人类居住，广西因此也自然成为统治者发配贬谪官员的常用之地，寓桂文学中将贬谪情感和广西特色相融合的也不在少数。

一方面，寓桂文学涉及的贬谪文学中最具特色的就是对于被贬南疆的忧惧心态。长期以来，北方人把长江以南广大地区视为一个充满瘴疠的惊险地方，正如杜甫在《梦李白》中描述的那样“江南瘴疠地，逐客无消息”。广西远离中原，被各种高山大川、巨大的山脊所封锁，交通不便，自然环境和文化环境也相当恶劣，对于第一次被迫来到广西的贬谪诗人而言，常常表现出对这个陌生地区的恐惧与退却。当柳宗元第一次来到柳州的时候，写下了《寄韦珩》一诗，直白而深刻地刻画出了这种恐惧忧患的心理：

炎烟六月咽口鼻，胸鸣肩举不可逃。
桂州西南又千里，漓水斗石麻兰高。
阴森野葛交蔽日，悬蛇结虺如蒲萄。
到官数宿贼满野，缚壮杀老啼且号。①

① （清）汪森：《粤西诗载》（二），广西人民出版社1988年版，第105页。

诗中首联就强调了广西的六月，天气太过燥热，令人难以忍受，甚至感觉嘴和鼻子都热得冒烟了。在唐代的时候，人们的认知里将桂州作为边远的鬼魅之地，而离桂林更加遥远的柳州则更令人恐惧了。更加令人恐怖的是荒野遍地，阴森的树林，还有像葡萄串一样密集悬挂在树枝上的毒蛇。除此之外还有人为的灾祸：柳州城内盗贼猖獗，骇人听闻的杀人事件时有发生，这一切都令人倍感恐惧。这首《寄韦珩》展现了诗人多方面的担忧心态和原因，自然条件的恶劣加之社会教化不够、民生凋敝的现实，都让被迫寓桂的诗人感到万分悲愁。

另一方面，与忧惧广西的心态相对的就是寓桂文人们渴望北归的心态。在传统的认知里，广西就是鬼魅瘴疠、荒蛮粗野之地，因此被迫来到广西的中原官员自然更加渴望尽快脱离广西，尽快回到京都回到亲旧身边。而这种渴望北归的心态，自然环境的恶劣只是其中的一个因素，更多的是因为深受儒家入世济世情怀熏陶的传统的读书人，一生追求得遇明主、报效国家，即使被朝廷贬谪到偏远的广西，虽然对朝廷有一定的怨愤心态，但更多的还是渴望重新回到中央朝堂一展抱负，这就是常说的恋阙情结。“京洛”“帝乡”“思君”等词语在寓桂文人的作品中频繁出现，较为明显地表达了对于帝都和家乡的无限思念眷恋之情，例如：

> 思君无限泪，堪作日南泉。——沈佺期《初达驩州》
>
> 帝乡三万里，乘彼白云归。——宋之问《桂林黄潭舜祠》

自从别京洛，颓鬓与衰颜。——沈佺期《入鬼门关》

思君罢琴酌，泣此夜漫漫。——宋之问《下桂江县黎壁》

除此之外还有“父母在，不远游”的思乡情结。当诗人遭受贬谪这一重大的仕途变故的时候，内心本来就更加敏感脆弱，在远离家乡千万里的广西，故乡和亲人自然就是寄托诗人无限深情的载体，在思乡情怀的触动下，渴望北归则成了寓桂诗人的普遍心态。当诗人登高临远的时候，“逍遥楼上望乡关，绿水泓澄云雾间”（宋之问《登逍遥楼》），诗人登上了逍遥楼，拼尽全力极目远眺，渴望能够看清故乡所在的方向，然而故乡却被绿水云雾层层阻断、不可望见；“如何望乡处，西北是融州”（柳宗元《峨山》）。柳宗元回望故乡的来处，却无奈地发现故乡无处可寻；“若为化得身千亿，散上峰头望故乡”（柳宗元《与浩初上人同看山寄京华亲故》），如何才能看到自己的故乡，诗人此刻恨不得将自己分身立于万千山峰之上，从而更好更方便地寻到故乡；“不堪肠断思乡处，红槿花中越鸟啼”（李德裕《鬼门关》），诗中的“红槿花”和“鸟啼”等典型意象的运用，更加深刻地表现出诗人因为思念家乡而肝肠寸断的愁苦；“荣贱俱为累，相期在故乡”（柳宗元《酬徐二中丞普宁郡内池馆子即事见寄》），这也是广大寓桂文人的共同心声，功名的荣贱让人汲汲追求不堪其累，“长恨此身非我有，何时忘却营营?”（苏轼《临江仙·夜饮东坡醒复醉》）渴望和友人一起重回悠闲亲切的家园故乡。

第四，寓桂文人描写了大量的广西特色风俗，开拓了诗文题材。“古者百里而异习，千里而殊俗。”[①] 百里习惯就不一样，相隔千里则风俗殊异，不同的地区有着截然不同的风俗，寓桂文人普遍从遥远的中原地区而来，第一次看到岭南独特的人文风俗，自然感到万分惊奇，进而将之纳入自己的文学创作中。寓桂诗文对于广西的各种奇风异俗多有描写，涉及广西本土各个民族的民生的婚丧嫁娶、节庆礼仪等方方面面，这些诗文为后世的我们还原了古代广西各族人民生活生产的真实场景，也为我们研究古代广西的生产、服饰、饮食、居住、商业等经济社会文化状况提供了一定的文献参考。据《岭外代答》记载：

> 桑江寨猺人椎髻临额，跣足带械，或袒裸，或鹑结，或斑布袍袴，或白布巾。其酋则青巾紫袍，妇人上衫下裙，斑斓勃窣，惟其上衣斑文极细，俗所尚也。[②]

这里周去非详细描述了广西本土居民在穿着、服饰等方面的特色。李商隐《昭州》中“乡音殊可骇，仍有醉如泥。”[③] 则真实反映出唐代时期由于朝廷对于广西相对宽松的酒禁政策，从而导致广西境内酒风盛行，有些当地人甚至酗酒成风，还经常会喝到醉如烂泥，本来寓桂文人与当地居民之间语言不通已经让人感到不安，加之所生活的环境中有很多人醉酒，更加让来到广西做幕府的李商隐

---

① （先秦）晏子：《晏子春秋》，廖名春校注，辽宁教育出版社 1986 年版，第 36 页。

② （宋）周去非：《岭外代答》，杨武泉校注，中华书局 1999 年版，第 224 页。

③ （清）彭定求：《全唐诗》，中州古籍出版社 2008 年版，第 2804 页。

感到害怕。除了服饰、饮酒之外，寓桂诗人还注意到了广西特殊的居民居住风俗。广西属于典型的喀斯特地貌，山多地少，体现在居住方面就是村落稀少，城市受限于自然山川，显得相对集中又极为狭窄：

村小犬相护，沙平僧独归。——李商隐《桂林路中作》
城窄山将压，江宽地共浮。——李商隐《桂林》

从李商隐的诗歌中就可以明显看出广西当地人的这一居住特征。广西居民的另一居住特征则是其独特的“巢居”方式，“瘴水蛮中入洞流，人家多住竹棚头。”①（张籍《蛮中》）古代的广西民众为了在当地气温偏高，降水偏多的气候条件下更好地生活发展，逐渐形成了多以竹木为材料建筑房屋的生活习惯，如此才能因地制宜，更好地抵御高温和雨水集中的热带季风和亚热带季风性气候灾害。而这类以竹木为材料建筑的干栏式住房，就是我们所说的“巢居”。出现在诗人笔端的还有特殊的集市，圩市即“墟市”，在吴处厚的《青箱杂记》中有相关的记载：“市之在，有人则满，无人则虚，故称‘墟（圩）市’。”圩市又被称为“獠市”，因“夷人通商于邕州石溪口，至今谓之獠市。”② 这种特殊的商业场所和商业形式自然被寓桂文人注意到，并诉诸笔端。钱楷的《正月八日同人招集栖霞寺侧小饮，观演灯剧二首》，其一云：“喧晴天与作新

① （清）汪森：《粤西诗载》（三），广西人民出版社1988年版，第9页。

② （唐）刘恂：《岭表录异校补》，商壁、潘博校补，广西民族出版社1988年版，第5页。

年，酒盏春风压帽偏。折简挑过人日菜，寻山踏破郭门烟。寺楼碧玉青萝里，江步红灯白舫前。赢得东皇淡相笑，舞衫歌扇也逃禅。”钱楷笔下是对于广西特色的谷神节节庆习俗的生动描绘：这是过年期间的正月初八谷神节的景象，在谷神节这一天群星聚会，所以当地群众还会有拜星君的节日习俗，所拜的岁星能够保障农作物大丰收，还能保护大家这一年的平安福气，在传统的谷神节仪式里，和尚和道士们要为附近民家赠送祥疏，然后民家则在初八日这一天到寺观中进行布施，和尚和道士们再回以果饼为礼节。

第五，寓桂文人将广西的特色物产写入诗文中，丰富了诗文写作题材。比如广西地区最常见而中原没有的榕树，属于典型的南方热带常绿乔木，多见于广东、海南等沿海地区，桂林地区也多见。根据《岭外代答》记载：“榕树，桂、广、容、南府内多栽此树。”[①]《南方草木状》也有相关的描述：“榕树，南海桂林多植之。叶如木麻，实如冬青，树干拳曲，是不可以为器也。”例如柳宗元在柳州期间就写过一首《柳州二月榕叶落尽偶题》：

宦情羁思共凄凄，春半如秋意转迷。
山城过雨百花尽，榕叶满庭莺乱啼。[②]

除了榕树之外，还有广西特色的桂树、柑橘、榕、枫树、桄榔、荔枝等其他树木物产也纷纷进入诗人的视野，不仅如此，一些

① （唐）刘恂：《岭表录异校补》，商壁、潘博校补，广西民族出版社 1988 年版，第 104 页。

② （清）汪森：《粤西诗载》（四），广西人民出版社 1988 年版，第 6 页。

富有广西地域特色的花草类物产如芦花、豆蔻花、红槿花、刺桐花、白蘋花等，也见诸寓桂文人的笔端，形形色色，不一而足。除了对于广西特色花草树木的描绘，广西特色的动物也进入他们的作品。如对于大象的描写：

山腹雨晴添象迹，潭心日暖长蛟涎。——柳宗元《岭南郊行》

看儿调小象，打鼓放新船。　　　　——项斯《蛮家》

龙蛇出洞闲邀雨，犀象眠花不避人。——曹唐《送羽人王锡归罗浮》

在这些诗句中，我们对于大象这种生活在热带亚热带的大型动物有了一定的了解，尤其是“犀象眠花不避人”[①]，犀牛和大象在花丛中自由自在地睡觉，并不需要躲避行人，人与犀牛大象和谐共处的动人场面被描述得淋漓尽致。而“犀占花阴卧”[②]（曹松《南游》）一句中，“占”一个字就将犀牛在花丛和树林间卧躺的情态描绘得生动形象、活灵活现。

第六，寓桂文人将广西独特的气候和瘴气等纳入诗文题材。广西北面接着的是南岭和云贵高原，南面和北部湾相邻，所以气候受到东亚季风和热带海洋气旋的双重影响，广西整体上属于亚热带季风性气候，全年基本气温偏高，降水量多，湿气严重，天气变化无

① （清）彭定求：《全唐诗》，中州古籍出版社 2008 年版，第 3298 页。

② 同上书，第 3289 页。

常，偶尔还有海上来的飓风，气候条件对于古人来说非常不适合居住，在中原人的眼中，广西更是“瘴疠荒蛮之地”是流放犯人的偏远地区。广西这种独特的气候特征亦见诸寓桂诗人们的笔端。“炎烟六月咽口鼻，胸鸣肩举不可逃。”①（柳宗元《寄韦珩》）柳宗元初来广西柳州，燥热难当的六月天气让这位中原来的被贬官员口干舌燥，身疲力乏，恐惧异常，避之不及。诗人对瘴气更加恐惧万分，“桂岭瘴来云似墨”（柳宗元《别舍弟宗一》），瘴气郁结在桂岭间，云气相连，白云都被恐怖的黑色瘴气所笼罩了。“苍梧风暖瘴云开”②（曹唐《南游》），只有当瘴气散开，诗人顿觉一片轻松，暗含了诗人对瘴气的畏惧心态。显然，这种种对瘴气的畏惧心理也直接反映出寓桂文人们对广西无常气候的恐惧和担忧，瘴气也已经成为广西气候燥热的标识进入文学的视野。《岭表录异》记载：“南海秋夏间，或云雾惨然，则其晕如虹，长六七尺。此候则飓风必发，故呼为‘飓母’。”③ 寓桂文人柳宗元曾经在诗文中对于这种中原人未曾见过的飓风有所描述：“射工巧伺游人影，飓母偏惊旅客船。从此忧来非一事，岂容华发待流年。”④ 飓母的威力十分强大，使得载满旅客的客船在其淫威之下倾斜摇摆不定，这让从未见过此种诡异而恐怖的自然现象的诗人感到万分忧惧。体现在寓桂文人笔端的也多是这种对于广西独特气候的恐惧心态。

---

①（清）汪森：《粤西诗载》（二），广西人民出版社 1988 年版，第 105 页。

②（清）汪森：《粤西诗载》（四），广西人民出版社 1988 年版，第 23 页。

③（唐）刘恂：《岭表录异校补》，商壁、潘博校补，广西民族出版社 1988 年版，第 20 页。

④（清）汪森：《粤西诗载》（四），广西人民出版社 1988 年版，第 4 页。

◇第三节 审美的转移

古代的寓桂文人普遍会产生一种审美的转移。这种转移的一大原因是在初期贬谪的痛苦过后，面对着广西优美奇特的山水风光，油然而生一种赞颂和欣赏。且广西自然山水形态的和谐优美恰好能够契合古代文人们所追求的儒、释、道自然和谐价值观的内在要求。在广西和谐自然的山水画里，欣赏到山峰的奇崛孤傲和山水的幽致秀美，这种山水交融的和谐美景，让人情不自禁摆脱了功名利禄的束缚，油然而生一种“此中有真意，欲辨已忘言”的忘我和谐之情，从而达到一种人与自然和谐统一的境界，而这种和谐统一也正是儒、释、道三者所共同追求的“天人合一”“物我为一”“禅悟心觉”思想境界的具体实践形式。当寓桂文人感受到这种忘我的天人合一之境，就很容易将这种情愫倾注到他们的文学创作中，从而使得作品整体呈现出一种儒、释、道和谐相融的文化审美特质。贬谪文人本身信奉的是“学而优则仕”，一朝被贬到偏远的广西，内心难免经历一番出世与入世间的矛盾挣扎，原本秉持的入世济国的文人士大夫理想，在广西这一文化弱势区，自身抱负无法施展，只得在和谐的山水之间求得内心的平静安然。就像广西本籍诗人曹邺一样，他早年极其热衷中原先进文化，但当他游于广西的自然山水，似乎也找到了同因为贬谪来到广西的宋之问一样的安然平和，例如他的《东郎山》一诗：

东郎屹立在东方，翘首朝朝候太阳。

一片丹心存万古，谁云坐处是遐荒。①

诗人使用拟人的修辞手法，用“东郎山”自喻，描写东郎山独自屹立在东方，而始终翘首期盼着太阳的方向，实际上是表明自己也希望像东郎山一样，日夜殷勤向中原文化靠拢学习，期望通过自己的努力，得遇明主，考取功名，实现自己的理想抱负。即使一时实现不了，也要“一片丹心存万古”。最后一句“谁云坐处是遐荒”则暗示诗人对于家乡山水的喜爱和自豪之情，表明自己的家乡广西并不是“蛮荒之地”，也有一片丹心之士。这首诗也可看出他的心态，热衷考取功名，积极学习中原的先进文化，积极入世，一时实现不了理想抱负，则寄情山水，在广西优美的自然风光中得到安慰，体现了一种超然出世但不失入世的丹心，也侧面表现了寓桂文人的儒、释、道三者的和谐统一。

近现代的寓桂文人则更表现出一种对于自己描写目标的选择发生的转移，也称为“意向性的转换”。在抗战期间，许多外省文化名人寓桂，其中湘籍文化人深度地参与了广西文化建设，在教育、戏剧和学术领域均有较大建树，为广西留下了宝贵的文化遗产，为外省人认识广西和广西人自我认识提供了特殊的观察角度。1937 年 2—3 月，铁道工程专家凌鸿勋受广西省主席黄旭初的邀请到桂林游览，5 月，他在《旅行杂志》发表《桂林山水》，文中称“桂林人口现闻尚不足十万人，湘人约居百分之四十。”1943 年，沈翔云

① 梁超然、毛水清：《曹邺诗注》，上海古籍出版社 1980 年版，第 64 页。

在《万象》发表《桂林山水》一文，其中专门说到寄迹桂林的外省人，他写道：

> 外省人寄迹桂城的，以湖南人最多，因为湖南和广西交界，来往近便，故此湖南人来桂林经商和做工的很多。桂城有几条街道，全是住着湖南人；他们到桂林来谋生，刻苦耐劳的精神很值得钦佩，往往有从小本生意做起，数年后变为大老板的，不在少数。笔者认识一位湖南人，他在十年前做一个闯学堂的书客，十年奋斗，居然在桂林开了一家大书店，同时还有支店分设在别的城市，现在俨然是个大老板了。湖南人在桂林靠劳力过活的，以理发匠、木匠、泥水匠占多数，在劳工界中拥有很大的势力。

在世人眼里，抗战之初的桂林，尚处于中国西南的角落，并不引人注意。杜重远 1932 年曾游桂林，写过一篇短文《良好印象》，其中称桂林“自陆荣廷迁府南宁后，百业萧条，生计维艰，马路未修，电话未设，举凡新文化之享受，均付阙如，然朴朴诚诚，度其中古时代之生活，亦自有天然之妙趣。”根据文章的描述，可以看出，桂林的文化气质，更接近古朴而非摩登，更接近旧文化而非新文化。

1938 年全面抗战爆发之后，随着广州、武汉相继沦陷，大批文化人云集桂林，按胡愈之的说法，“山明水秀的桂林，本来是文化的沙漠，不到几个月竟成为国民党统治下大后方的唯一抗日文化中心。”来自全国各地的文化人云集桂林。湖南与广西桂林相邻，更是近水楼台。桂林成为接纳湘籍文化人最便捷的城市。章士钊、杨东莼、朱克靖、谭丕模、李达、汪泽楷、彭慧、欧阳予倩、田汉、廖沫沙、谢冰莹、白薇、胡然、周令钊、田曙岚、黄芝冈、钟期森等湘籍文化人，抗战时期都曾经在桂林及广西其他地方工作或生活，与桂林这座著名的抗战文化城发生了各种各样的联系。抗战时期寓桂的湘籍文化人，相当一部分是因为广西师范大学的前身广西省立师范专科学校和桂林师范学院而来的，他们是杨东莼、朱克靖、谭丕模、李达、汪泽楷、彭慧。这批湘人多属于新文化人，其中，杨东莼、朱克靖在北京大学求学时接受过五四新文化的洗礼，是五四新文化运动的弄潮儿。

1932 年，广西创办广西省立师范专科学校，杨东莼和朱克靖分别是广西师专第一任校长和第一任教务长，他们倡导自由研究和集体生活，给广西师专带来了全新的教学理念。这种办学思想在当时气质古朴的桂林并不很合时宜，因此遭到了不少教授的反对，导致了桂籍教授和湘籍教授的冲突，当时的广西师专甚至有言论说广西几乎成了湖南人的殖民地。不过，虽然有各种矛盾，但杨东莼还是得到了广西省政府的持续重用，他先后担任过广西师专的校长、广西地方建设干部学校教育长（相当于实质性的校长）和广西省政府参议，1949 年以后，又担任了广西大学校长，与广西结下了不解之缘。杨东莼既是五四新文化运动的参与者，又是早期共产党人，是非常典型的新文化代表人物，他在桂林两度出任重要大学的校长之职，一度出任干部学校的负责人，是一个既有思想力又有行政力的人物，他先后出任广西三校校长职务，时间贯穿中华民国和中华人民共和国两个时期。民国时期和新中国时期，许多广西的干部、教师都曾经是杨东莼的学生，他们对杨东莼的教育理念和教育才能留有深刻印象，杨东莼对广西教育、广西文化的转型具有深刻而广泛的影响。

如果说杨东莼等湘籍文化人通过教育途径改变了桂林乃至广西的文化生态，那么，欧阳予倩则通过桂剧改革使桂剧面目一新，从一个普通的地方剧种走向了全国，进入中国十大戏曲剧种行列。早在1910年，欧阳予倩就曾到过桂林，而且看过桂戏。“那时候还没有女班。在戏院的后台，可以摆酒席请客。花旦就上着妆，出场唱戏，下场陪酒，习以为常。”作为新戏剧的开创者，欧阳予倩对这种状况不以为然。1938年4月，他应广西戏剧改进会会长马君武的邀请，到桂林进行桂剧改革。到桂林后，他以研究的态度再看桂戏，发现“桂戏和平剧、汉剧、湘剧、粤剧等，是同源一脉的戏剧，正好比几个姊妹，嫁给不同几家人家。”在欧阳予倩心目中，“桂戏，不像粤剧那样接近王公大臣；她没有特别绚烂的衣饰，也没有充分的营养；她住的地方比较偏僻，交通不甚便利，所以很少机会去对外交际，也就没有很多人去访问她。因此她始终保持着她那素朴的姿态。”这次在桂林，欧阳予倩在国防艺术社李文钊的支持下，将《梁红玉》改编成桂剧，连演28场，卖了12个满座，轰动了整个桂林。《梁红玉》的成功，促使1939年9月欧阳予倩三到桂林，此次入桂，长达7年，先后把《桃花扇》《木兰从军》改编成桂剧，还创作了桂剧剧本《广西娘子军》《胜利年》等。1944年，他还以广西省立艺术馆馆长的身份，策划并主持了享誉中外的西南剧展。1941年8月，田汉第四次来到桂林。这时候的田汉既遭遇事业的挫折，又发生爱情的矛盾，苦不堪言，心灰意冷。然而，桂林新中国剧社的热情和信任，桂林戏剧人的奋发有为，给予田汉巨大的精神力量，使之有勇气用艺术抵抗现实，用艺术与生活搏斗，用艺术去化解人生的烦恼，用艺术去突破情感的困境。正是在这种心境下，他写出了他的自传之作、抗战之作、桂林之作话剧《秋声赋》，一改欧阳修原作的老气横秋，转化为书生意气的励志之作。10 月，另一位著名戏剧家熊佛西偕夫人叶子访问田汉，田汉朗诵刚写完的《秋声赋》，熊佛西深受感动，口占一绝相赠：名满天下田寿昌，箪食瓢饮写文章，秋风秋雨秋声赋，从古奇才属楚湘。该剧演出后，轰动一时，形成“满城争看《秋声赋》，众人传唱《落叶歌》”的盛况。

如果说桂林的传统教育和传统戏剧引起了湘籍新文化人改革的欲望，那么，广西的自然风光、历史文化和民族民间文化，则引起了另一类湘籍文化人深刻的认同和探究的热情。首先以章士钊为例。与杨东莼这些民国时期新文化人不同，章士钊反对新文化运动，反对白话文，反对“欧化”，既是新文学运动的对抗者，也是新文化运动的对立面。1940 年 6 月，章士钊应邀自重庆到桂林游览。民国时期桂林旅游通常也就十天半月，可是章士钊寓居桂林四个月，中秋之后才回重庆。作为旧文化的保守者，章士钊在桂林遇到了文化知音。他的文化知音是他的桂林忘年交朱荫龙。“桂林才子”朱荫龙是明代靖江王的后裔，比章士钊小 30 多岁，有很好的旧文学功底。章士钊寓桂期间，朱荫龙向章士钊大力推崇临桂词派王鹏运、况周颐的词作，激起了章士钊作词的兴趣。在桂林 4 个月，其中两个多月的时间里，原来从未作词的章士钊，作词近 200 首。

章士钊之所以在桂林产生那么强烈的作词热情，除了朱荫龙的引领，也与桂林丰厚的历史文化积淀有关。丰厚的历史文化积淀是最好的诗词题材，桂林是一座特别适合吟诗填词、舞文弄墨的城市。章士钊在桂林遇到的文化知音，不仅是一批旧文学功底深厚的桂林人，也是这座“山水甲天下，文物媲吴越”的桂林城。其次以黄芝冈为例。民俗学者黄芝冈是田汉的同学，1922 年他向毛泽东请求加入中国共产党，得到了批准，不久后退党。1929 年到上海，加盟了田汉的南国社，并且是“左联”最早成员之一。他的侄女黄大琳是田汉的第二任妻子。1933 年，黄芝冈在上海难以立足，辗转到广西教书和编辑报纸副刊，1933 年他曾在桂林高级中学担任国文教师，1934 年到南宁编辑《南宁民国日报》副刊，1935 年兼任南宁第三高级中学的国文课。在广西期间，黄芝冈收集了 3000 多首民歌，曾在陈望道主编的《太白》上发表了《湖南歌谣和广西歌谣的流通》《花鼓探源》《说铜鼓》等论文，在《中流》上发表《论采茶》《论两个人的舞狮》《论两广祀蛇之习》《广西民歌和性爱的探讨》《论山魈的传说和祀典》等论文。1937 年，在《中山文化教育馆季刊》上发表了长篇论文《粤风与刘三妹传说》。长篇论文《粤风与刘三妹传说》，发表于 1937 年 4 月 2 日出版的《中山文化教育馆季刊》第四卷第二期。这篇论文全面论述两广多地多族的刘三妹文化现象，其视域的开阔、材料的丰富与引述的全面，直到今天还可以给我们许多借鉴。

20 世纪 50 年代刘三妹定型为刘三姐，经过彩调《刘三姐》、电影《刘三姐》的传播普及，刘三姐成为最具影响力的广西文化符号之一。如此看来，在刘三姐文化资源的发掘、传播过程中，也有湘籍文化人的学术参与。再次以田曙岚为例。田曙岚，湖南醴陵人，原名田澍，字介人，1923 年肄业北京中国大学。田曙岚原任教于上海民智中学，因感于我国地理教材记载多不翔实，决志辞去教职，周游全国及全世界，站在史、地两种科学之立场，实地考察各地自然状态与人文概况，冀有所得以贡献于社会。1931 年，他从上海骑自行车出发，历经浙、闽、粤、海南诸省，1933 年 5 月 15 日到达广西钦州，入上思，游历了广西 40 多个县，直到 1934 年 2 月 4 日，才由全州转入湖南。他专门为广西之行写了一部调查笔记，出版时名为《广西旅行记》。

《广西旅行记》近 30 万字，对广西 40 多个县的地理、历史、人文风情均有生动描述，离境之际，作者写道：

> 余自去岁 5 月 22 日由广东钦县入广西之上思界，迄今历时 8 月有余，历程 6300 余里。足迹遍 40 县，以广西全省 94 县而论，余虽未及其一半，但余之游踪分配颇为均匀。东到苍梧、昭平，西至恩阳、百色，南到邕宁、贵县，北至河池、宜山，西南到龙州、上金，西北至凌云、凤山，东南至郁林、北流，东北至桂林、全县，中央则曾至柳州、象县。是则余之足迹已遍于广西之四面八方矣。因此余对于广西全省之沿革、地势、山脉、河流、气候、物产、住民、交通、文化、胜迹风俗等项，均有相当之认识；更有许多特殊情形，为外间出版界所未有记载者。若凌云、凤山、东兰一带，山岭重叠，素称难行；既为山险之区，复有瘴疠之气。余孑然一身，出入其间，未受若何顿挫，且曾发现各种奇特之岩洞。成绩虽属微渺，但

增加余之旅行经验与兴趣不少。

毫无疑问，《广西旅行记》是民国时期最好的广西旅游行知书，甚至直到今天，也未曾见有像田曙岚这样术业有专攻的学者，以亲历的方式生动的笔触写出一本系统而又有分量的同类图书。行政区划有时候会造成“鸡犬之声相闻，老死不相往来”的地域隔膜，但是，文化又像流动的江河，可以抹平深巨的地理鸿沟。抗战时期的桂林文化城曾经给予众多湘籍文化人英雄用武的平台，湘籍文化人对广西文化资源的发现和利用，又启示了广西文化人的文化自觉。

第四节　转型的原因

寓桂文学这些转型，无论是文体的转型、题材的转型还是审美的转移，都有着其本身一定的“必然因素”。

第一，文化环境与文学创作的关系。古代的广西地区仍然是以中原先进文化为主导，当地多民族文化和其他的外来文化形成一种既相互冲突又能相互融合的共存关系，而文化就是依靠这种外来文化的有力冲击以及在各民族文化交流或者融合过程中文化与文化之间的相互冲突、相互交流、相互融合形成的文化张力，有力推动达到自身的不断进步不断发展。唐代中央政府对于广西实行的是以羁縻为主、武力征讨为辅的民族政策，清代实行土司制度，这些相对宽松的民族政策也造就了广西相对宽松的文化环境，而文化环境的多样性和相对自由性，使得寓桂文人的文学创作相对自由，广西文化景观中的聚落景观、农业景观、民间文化景观和宗教景观等，都为文人们的创作提供了一定的灵感，作品题材可选择度较为广泛，寓桂文学呈现出多样化的面貌。

第二，寓桂文人的身份认同对文学创作的影响。寓桂文人因为不同的原因来到广西，而他们对于自己的身份认同的不同使得他们对于广西的各类文化和物产的感觉截然不同，因此他们的文学创作也呈现出不同的面貌。因贬谪而被迫来到广西的文人思想情感更为复杂，他们对于广西的地域文化的情感体验更为悲观伤感，从而其文学创作中的意象选择和情感体验都更为负面；因为职务调动等原因来到广西的宦游诗人更加注重自己的“父母官”身份，更倾向于以一定的文化策略对广西的地域文化进行适当的干预和改造，使之尽量符合中原文化的规范和标准，自然其创作的基本特征是借咏广西的山川风物之美来写宦游生活的自足自乐，尽量突出了广西地域文化的正面因素，从而侧面反映出自己做官期间的不凡政绩和必要贡献；幕僚诗人则是因为入幕来到广西，因自身处境的缘故，对广西的地域文化多能够采取较为客观、冷静的态度，这对他们的文学创作也有影响，能够更为客观地反思广西的文化发展；而广西本土的诗人则普遍对中原先进的文化有强烈认同感，同时他们自己的本土文化意识也开始觉醒，在对中原文化的孜孜追求的同时更加强调广西本土文化的特色和价值。

第三，寓桂文人的文学创作和政治诉求紧密相关。寓桂文人将政务写入自己的作品中。钱载有《七星山燕席》诗可考见官场应酬仪式，诗云：“政治清严挹大藩，岁丰多暇合华轩。先于佳节叨宾礼，同此名山荷主恩。松叶影低回翠袖，桂花香细入金樽。可知今夜如钩月，倍使江光照郭门。”钱楷在清代嘉庆三年被任命为典四川乡试的职务，不久就被授予广西学政一职。《绿天诗舍存草》卷三有与李秉礼的题赠诗，作于广西学政到任之初。诗人奉督学的命令，反映在文学创作上就是记载行役各府州县诗很多，且多与考选学子相关。《中秋太平试院示诸生四首》以“山水生色”“人文蔚起”作激励之语，第三首有“百蛮声教古来通，天岂生才限域中”之语。寓桂文人，尤其是因为贬谪来到广西的文人更为认同自己的“政治家”身份，文学创作是一种实现政治诉求的手段和慰藉心灵的载体。如柳宗元来到柳州之后，其文体的转型体现了“诗之为技”，诗歌创作只是手段，通过描写自己的政务和政绩来表现自己治理成果和政治实操，通过《谢除柳州刺史表》等表奏文章向朝廷表达自己对于朝廷的赤胆忠心，进而实现自己被朝廷召回重用的政治目的。而近现代的寓桂文人虽然其本土意识有所觉醒，更加注重文学的特质，但不可否认的是依然受到政治的影响。

第四，寓桂文学的文学语言特征。语言体现一个民族或地区的文化传统①。所谓本土语言，在广西语言地图上，指的是广西本土汉语方言与少数民族语言②。寓桂文学要呈现出来的不是其少数民族特色等广西的地域文化标记，而是他们在时代潮流变化中追求的和中原地区主流文化相符合的现代气质。寓桂文学要呈现给世人的，是共融其间的“时代”特征与气息③。研究寓桂文学，不能只

---

① 约翰·甘柏兹、姚小平：《言语共同体》，《当代语言学》1984 年第 3 期。

② 刘弟娥：《本土语言、文学语言与身份认同：以新时期广西文学为例》，《广西社会科学》2014 年第 4 期。

③ 张清华：《汉语在葳蕤宁静的南方：关于〈第二届广西诗歌双年展〉阅读的一点感想》，《广西文学》2008 年第 9 期。

局限于其中与中原截然不同的“陌生的异域风情”，更加追求通过使用本土语言创作文学作品，从而逐渐缩小与标准的现代汉语书面语之间的差异和出入部分，建立更加紧密的联系和投射。寓桂文人不可避免地会被广西本土语言影响，其文学创作也与国家标准有所差异，但也正是这种差异使得广西本土语言有了逼仄的生存空间，求同存异，在本质上追求保留广西本土语言的特色和精华，而在形式上更加接近国家标准语言，是比较可行的道路。语言是人类精神和生活的生动反映，广西本土的语言在文学作品中的地位、进入方式以及被写作者采用程度，不但折射出写作者的文化心态与身份认同，透视出民族语言政策，甚至也可以此为起点，通过研究寓桂文学的文学语言特征，进而研究广西本土文学的语言走势。

第六章

寓桂文学的影响

王国维在《文学与教育》中曾言："生百政治家，不如生一大文学家。何则？政治家与国民以物质上之利益，而文学家与以精神上之利益。夫精神之于物质，二者孰重？且物质上之利益，一时的也；精神上之利益，永久的也。前人政治所经营者，后人得一旦而坏之。至古今之大著述，苟其著述一日存，则其遗泽且及于千百世而未沫。"① 以上是近代著名学者王国维对文学价值的深刻体认。诚如王国维所言，物质上的利益是"政治家之言，域于一人一事"②，而古今载存下来的文学著述，才是遗泽"千百世而未沫"的精神财富。对于那些或因贬谪、宦游，抑或是入幕、云游而寓居广西的历代作家也应作如是观。他们不仅在政治、经济等方面作为于广西，而且更重要的是，他们在广西的一系列文学活动以及留存下来的丰赡的文学作品对于推动广西创作群体的形成、一带文风的开启、本土文学的发展以及时代风气的提升等文学与文化方面，都

---

① 姚淦铭、王燕：《王国维文集》，中国文史出版社 2007 年版，第 16 页。

② 同上书，第 90 页。

产生了深远的影响。

◈第一节　创作群体的形成

广西在古代曾属百越之地，秦始皇时期，这一地理区域被正式划为国家版图，唐时才作为一个独立的行政区。然而，直至宋代才得以建省。从历史上行政区域的演变就可以看出，曾在相当长的一段时间里，广西在政治、经济以及文化上脱离了主流的范围，而一直徘徊在边缘地带。形成这样长期被“遗忘”的状态，一方面源于广西地处西南边陲，地理空间相对封闭；而另外一方面则归之于广西多样化的民族特征，世居的少数民族只有语言上的交流而并无系统的文字。因此，广西的作家文学长期未成气候，更谈不上创作群体的形成。然而寓桂作家的到来，不仅为广西本土文学注入了新鲜的活力，而且对于广西文化品位的提升也起到了不可忽视的作用，在此基础上形成的创作群体更是成为广西文学史上的一道亮丽的风景。纵观寓桂文学对广西创作群体的影响，主要体现在两个方面，其一是形成了以寓桂作家为中心的创作群，其二是在寓桂文学浸染下所生发的本土诗人群，这两个方面互为表里，共同促进着广西文学的崛起。

一　以寓桂作家为中心的创作群体

外省籍的作家或因贬谪流放、入幕、游历等因素旅居广西，随之而来的也有他们长期所接受的主流文学气象。而广西那些笃志于学的文人士子循慕着寓桂作家的足迹，自觉团结在他们周围，奉为圭臬，由此形成了以寓桂作家为中心的文人群体。这些创作群体中既有以范成大为中心的文人群体，以张孝祥为中心的粤西诗词文人创作集团，也有以李宪乔为中心的诗人群体以及以周稚圭为中心的词人群体等，这些寓桂作家与本土文人之间的交游唱和、相互赠答无不成为广西深厚的历史文化积淀。

范成大作为“中兴四大家”之一，于南宋诗坛颇有名望。他曾于乾道九年（公元 1173 年）三月赴桂林，担任广西经略安抚一职。范成大以主帅身份任职桂林期间清慎自矢，政绩显赫，不仅在民族交流上做出了重要的贡献，而且时常关心农民的生产生活情况。尤为值得注意的是，他在政务之余，也不忘坚持进行诗文创作，并与寓桂的其他文人以及地方雅士切磋技艺，由此形成了以范成大为中心的诗文唱和群体。此时团结在其周围的文人主要有周必大、郭季勇、郑少融、陈仲思等人，他们志趣相投、风格相近，所以时常优游于诗酒间，并且建立了真挚的情谊。这些从范成大在桂林所作的唱和诗以及送别诗中都可见一斑。例如，范成大寓桂期间设宴送别友人时所作的《次韵郭季勇机宜学观席上留别》一诗中写道：“凭栏从此迟归鞅，能及中秋对月否?”① 此联体现了诗人对友人郭季勇即将远去的不舍与留恋。友人虽尚未离去，但范成大已迫不及待询问友人中秋能否团聚，由此足见诗友间深厚的感情。淳熙二年（公元 1175 年)，范成大离桂赴川任成都路制置使，此时他寓居桂林期间所结交的友人纷纷前来送别，从中可见其在桂林文人群体中

---

① （宋）范成大：《范石湖集》，富寿荪标校，上海古籍出版社 2006 年版，第 174 页。

的影响以及中国古代士子间的诗酒情谊。

张孝祥同样也是寓桂作家中的一位重要人物，其在桂林任广南西路经略安抚使期间，以他为中心所形成的诗词创作文人集团，也成了当时不容忽视的文学现象。张孝祥工于词作，虽然迁谪广西，依然创作了十余首词。如《水调歌头》：

五岭皆炎热，宜人独桂林。江南驿使未到，梅蕊破春心。繁会九衢三市，缥缈层楼杰观，雪片一冬深。自是清凉国，莫遣瘴烟侵。

江山好，青罗带，碧玉簪。平沙细浪欲尽，陡起忽千寻。家种黄柑丹荔，户拾明珠翠羽，箫鼓夜沈沈。莫问骖鸾事，有酒且频斟。①

与那些初到广西，不适应岭南湿热环境的文人相比，张孝祥的心境显得更为淡然与平和。他在这首词中描绘了桂林宜人的气候以及特殊的自然人文景观，流露出了对仕宦之地风土人情的称扬。除了对自然风物的感知外，张孝祥在寓桂期间，也结交了许多当地的名流，如钱子山、时任横州的姚主管以及同在桂林供职的张仲钦、朱元顺等，他们时常结伴出游。如张孝祥的《朝阳亭诗序》中便记载其与张、朱二贤的交游活动："丙戌上巳，余与张仲钦、朱元顺游水月洞，仲钦酷爱山水之盛，至晚不能去。……惟仲钦之学业足

① （宋）张孝祥：《张孝祥词笺校》，宛敏灏笺校，黄山书社 1993 年版，第 6 页。

以凤鸣于天朝也。”① 由此足见张孝祥对友人才能的称扬。而考察张孝祥的文集与词集不难发现，其中存有多首其任职广西时与当地诸多友人宴游赠答的作品，如《再用韵呈朱元顺、张仲钦》《蝶恋花·送姚主管横州》等。从这些往来酬唱中可见，张孝祥寓桂期间，不仅带动了当地士人的创作，而且团结在其周围的骚雅人士俨然已形成了一个文人群体，这对于广西创作群体的发展具有极为重要的推动意义。

清乾隆年间，高密“三李”兄弟皆曾游宦广西。其中李怀民、李宪暠虽也留有诗作，但李怀民游历其间奉母北还，李宪暠赴岑溪两年后去世，因此二人于广西诗坛的影响尚小。而三人中最受瞩目的当是李宪乔在广西的交友活动及由此形成的诗人创作群体。李宪乔，字子乔，号少鹤，山东高密人。他曾先后出任广西归顺知州、岑溪令等职，寓桂时间达十余年。任职广西期间，李宪乔广泛地结交诗友，与他们交游唱和，且许多本土诗人亦以他为师法对象，并由此形成了以李宪乔为核心的广西高密诗派。汪辟疆先生在《论高密诗派》中曾说：

> 自少鹤筮仕粤西，其交友则有临川李松圃秉礼、桂林朱小岑依真、长洲孙顾崖、赵松川廷鼎、刘正浮、江西胡茂甫森诸人。其弟子则有归顺童九皋毓灵、介弢葆元兄弟、唐梦得昌龄、袁子实思名、马平叶亮工时哲。又有黄鹤立、曾传敬、农大年日丰诸人，皆从少鹤问诗法。其造诣亦高，于是广西有高

① 刘双玲：《桂林石刻》，中央文献出版社 2006 年版，第 117 页。

密之派。①

以上材料从李宪乔任职广西时结交诗友与传授弟子两方面展开论述。与李宪乔交往的友人中最为时人称道的当如李秉礼与朱依真。李秉礼原为江西临川人，因父之故寄籍桂林。二李之间不仅交情甚笃，有《同子乔听徐君琴》《松鹤吟寄子乔》等六十余首互为唱和的诗歌为证，而且李秉礼亦受诗法于李宪乔，他们时常切磋技艺、竞爽激励，在亦师亦友的关系中二者的创作也得到了浸染与提升。朱依真祖籍广西临桂，作为本土诗人，袁枚极赏之，并誉其为“粤西诗人之冠”。朱依真与李宪乔之间的交往也颇为密切，乾隆五十一年（公元 1786 年），李宪乔回乡休养之际，朱依真特意作《送少鹤归养》一诗，由此可见两人之间的情谊。此外，以李宪乔为中心的诗人群体之所以壮大，也源于他奖掖后进的精神，归顺“二童”以及袁思名、叶亮工等人皆师从少鹤。如叶亮工在《送少鹤师重任归顺兼寄童九皋》就表达了他对恩师的崇敬之情，且尾联更以“旧日从游者，坐中增几人”点出了当时诗学李宪乔的弟子在逐日增多。此外，清人郭嵩焘亦言：“少鹤言诗，最推高密李宪乔，谓其以专壹憔悴为诗，粤人言诗者皆师法之。”② 可见，李宪乔寓居广西期间，不仅交游广泛，而且造士尤众。他们以李宪乔为中心形成了庞大的创作群体，这对于繁荣乾嘉广西诗坛起着重要的作用。

---

① 汪辟疆：《汪辟疆文集》，上海古籍出版社 1988 年版，第 262—263 页。

② （清）郭嵩焘：《郭嵩焘全集》，梁小进主编，岳麓书社 2012 年版，第 146 页。

历代寓居广西的名士众多，以他们为中心所形成的文人创作群亦纷纷然。这既说明他们的才识受到广西本土文人及流寓广西的其他文人的认同与推重，同时也为繁荣广西文坛做出了巨大的贡献。

二　寓桂文学浸染下的本土创作群体

自唐逮明，全国能言者千家，然广西本土文学，无论是从作家人数上来看，还是以作品数量而论，都远远落后于主流文学区域。即使间有曹唐、曹邺以及蒋冕这样的地域名人，但总体而言，这些本土作家更多的是以零散的方式出现。至于地域性的作家群体，几乎是难觅踪迹。虽然清代以前广西本土作家未成气候，然而值得注意的是，从唐代开始，历朝历代都有许多文人寓居于此，其中亦不乏大家名家。他们寓桂时期的文学活动不仅繁荣了广西诗坛，同时也为广西积累了丰厚的文化底蕴，更为清代广西文学的崛起奠定了重要的基础。例如晚清“都峤三子”“杉湖十子”以及“临桂词派”等广西本土作家群体的涌现在一定程度上就得益于寓桂文学的长期浸润。

“都峤三子”是清嘉道之际活跃于广西容县的一个重要的诗词创作团体。三名诗社成员均为广西容县人，即王维新、覃武保和封豫。他们因意气相投、旨趣相近，所以时常相伴于当地的都峤山宴月观风，交流诗艺，并最终结社于此。在结社的三子中，封豫祖籍为河南开封。其始祖于南宋时出任容州通判，后定居广西。自宋以来，封氏人才辈出，文运绵延。明万历年间，封良儒因与其他四人杨际熙、马必遂、王贵德以及何与高情谊深厚，所以五人经常于都峤山切磋技艺，时人称之为“峤山五子”。时至清代，广西文坛因前代寓桂作家的创作活动已有了丰厚的文学积累，而袁枚、赵翼等诗坛大家在广西的一系列文学创作活动更是对广西诗坛影响巨大。此时的广西文坛得力于寓桂作家的贡献，已然摆脱了之前寂寥无闻、零散分布的状态，并逐渐呈现出繁荣之势。而“都峤三子”在广西文学热情的带动下，慕循着“峤山五子”的文学足迹，结社都峤山长达二十余年。“都峤三子”中以王维新的文学成就最高，其凭借《绿漪园初草》《海棠峤词》等著述成为广西文坛当之无愧的大家，而另外两位成员如封豫著有《清远堂诗集》、覃武保也著有《半帆集》等。他们在容县的交流唱和以及潜心创作不仅带动了当时容州大地文人的创作风气，同时也成为清代广西文学热潮下的一支重要的文人创作群体。

“杉湖十子”作为晚清广西文坛崛起的重要力量，主要是指道光年间团结于桂林城西杉湖的文人酬唱群体。“杉湖十子”以广西籍文士为主，但同时也聚合了一些生于斯或长于斯的外省籍诗人，其主要成员有朱琦、龙启瑞、彭昱尧、商书浚、黄均祖、李宗瀛、杨继荣、曾克敬、赵德湘以及汪运。他们时常于杉湖切磋唱和，而杉湖素来也以极目远眺的水色山光闻名，这与文人雅士的意趣十分相得，所以自然成了这群志同道合的诗人吟咏唱酬、结社交游的聚集地。据清人张凯嵩《杉湖十子诗钞序》中所载：

余来虽已不及其盛，然犹得与朱伯韩侍御、龙翰臣学士游。两君故时健者。松甫之客，零落久矣，然如陈君心芗，老犹健，在官学博。杨君柳塘，年更老于心芗，时亦尚存。而汪剑峰、曾芷潭、彭兰畹数君者，又各以其孤杰雄鬲之才，兀律自起于诗人盛衰绝续之交。松甫之子小韦能读父书，为诗乃不相袭，于伯韩、心芗、剑峰、兰畹，故皆往来唱和。至黄香甫、赵淡仙者，又小韦客之尤者也。①

此段材料主要是对当时广西人文之盛的称赞以及对“杉湖十子”主要成员及其之间往来唱和的论述。“杉湖十子”之所以成为清代广西极具影响力的创作团体，与长期以来桂林的文化积淀密不可分。桂林在古代既是广西的首府，同时也占据着连接湖湘文化与粤西文化的独特地理优势，又加之桂林旖旎秀美的自然风光，所以历代游宦桂林的迁客骚人甚多。自南朝颜延之始，其间更有唐代的张九龄、柳宗元、李商隐，宋代的范成大、张孝祥、刘克庄、李刚、黄庭坚，清代的袁枚、赵翼以及梁章钜等，他们的到来不仅繁荣了当地的农业、旅游以及教育，而且寓居期间所创作的大量文学作品更是为桂林文学的发展注入了强大的动力。邓祝仁在论及桂林文学时曾说：“桂林文学的发展与桂林山水的名重华夏同步，同中原名人仕宦的‘落难’紧密相连。”② 而“杉湖十子”作为对桂林文学的传承与延续，自然与寓居桂林的作家作品联系密切。正是这些游宦与此的文人，丰富了桂林文学，继而为“杉湖十子”的出现起到了重要的奠基作用。

崛起于桂林的“临桂词派”曾主盟晚清词坛，并对当时词学之发展影响甚大。“临桂词派”最初被称为桂派，后又有粤西词派、

---

① 王德明、李凯旋：《“杉湖十子”研究》，广西人民出版社2015年版，第2—3页。

② 邓祝仁：《桂林历代文学创作漫说》，《南方文坛》1993年第5期。

临桂词人群等别称。该流派以王鹏云、况周颐两位临桂籍词人为领袖，围绕在他们身边的词人也多以广西籍为主，有刘福姚、邓鸿荃、龙继栋等。除此之外，该团体还吸纳了外省籍的朱祖谋、文廷式等志同道合之人，他们聚集在一起相互酬唱，从而形成了声势日隆的创作群体。

与“杉湖十子”一样，“临桂词派”作为桂林文化传承发展的结果，同样也深受寓桂作家在广西尤其是桂林所留下的文学积淀的浸润与沾溉。纵观历代游宦桂林的作家，他们在寓居期间留下了大量的文学作品，提高了当地的文学水平，在他们的不断浸润下，桂林的文脉也得以绵延，其间涌现出了曹唐、曹邺、赵观文、朱依真、朱琦等文坛名人，这些丰厚的文学积淀无不为“临桂词派”的形成创造了有利的条件。不仅如此，“临桂词派”的形成也与清代寓桂作家自觉弘扬地方文学的意识有关。巨传友先生在《临桂词派的形成》一文中据况周颐《粤西词见》叙录中所言：“粤西诗总集有上林张先生鹏展《峤西诗钞》，福州梁抚部章钜《三管英灵集》，词独缺如。……是编就我所见衰而存之……它日辑嘉道以来诗续梁氏著录以此附焉。”[①] 认为况周颐《粤西词见》的编纂正是源于张鹏展与寓桂作家梁章钜对地方文学的重视，而况周颐又是“临桂词派”的领袖，由此明确指出“这种弘扬地方文化（文学）的自觉意识对后来的临桂词派有着很大的影响”[②]。的确，清代寓桂作家十分注重对地方文学的传承。除了况周颐所提到的梁章钜外，康熙

① 况周颐：《粤西词见》，光绪二十二年（1896）金陵刻本。

② 巨传友：《清代临桂词派研究》，上海古籍出版社2008年版，第36页。

年间浙江籍文士汪森知桂林府通判时便深感广西诗文未曾篆刻成集之遗憾，于是穷搜苦寻编成《粤西诗载》以及《粤西文载》。而同治年间湖北籍文士张凯嵩任广西巡抚时也将“杉湖十子”吟咏唱和的诗歌刻印成《杉湖十子诗钞》，刊行于世。这些寓桂作家对地方文学的关注，极大地推动了广西文学的发展，同时也对“临桂词派”产生了很大的影响。

除了因志趣相投、风格相近而结社唱和的创作群体外，家族文学的繁荣也是清代广西文坛值得注意的现象。例如临桂朱氏、况氏、龙氏以及王氏，灵川的周氏、崇左的滕氏以及全州的蒋氏等，这些具有深厚家学渊源的文化世家，往往也通过交游或者家族联姻的方式进行文学创作活动。由此可见，经过长期的文学积淀，清代广西文坛早已突破了之前乏善可陈的文学现状，从而实现了巨大的发展，其中最明显的特征就是广西本土作家群的崛起。从致力于古文创作的“岭西五家”，到以吟诗作赋为结社旨趣的“都峤三子”和“杉湖十子”，再到曾主盟晚清词坛的“临桂词派”以及大量涌现的家族文人等，这些创作群体的出现无不说明广西已经积聚了丰厚的文学底蕴，是历代寓桂作家及他们的文学贡献不断浸润着广西本土文学的重要结果。

第二节　一带文风的开启

广西处于西南边疆，风景秀美，然而在古代，其因偏僻的地理位置却长期被视为“瘴乡”或“南蛮之地”，这也使得它的文学发展长期远离中原主流文学，呈现出缓慢落后的状态。虽然广西本土作家作品并没有像中原以及清代江浙地区一样成勃然之势，然而那些历史上宦居和游居于此的文人，却对广西地方文学的发展起到极为重要的推动作用。例如柳宗元之于柳州，黄庭坚之于宜州、秦观之于横县，赵翼、李宪乔、刘大观、汪为霖之于镇安等，这些历代寓居广西的文人为岭南这一荒僻之地带来了先进的文学气象，提高了当地文化与文学水平，也极大地促进了当地文风的形成。

一　柳宗元与柳州文风

作为有唐一代文学集大成者，柳宗元对粤西文风尤其是柳州文风的发展具有极大的推动作用。随着永贞革新的失败，柳宗元也被贬往柳州。在谪居柳州的五年中，他不仅创作了大量的诗文作品，而且在当地广推文教，一改以往野蛮落后的生活旧习，开启了诗书礼乐教化之先河。此外，柳宗元还亲自为师授徒，教授当地士子诗文，提掖后进，培养人才，由此受到当地人的推崇和学习，继而也开创了柳州一带的文风。

柳宗元赴柳州任职初始，柳州地区仍为瘴疠遍布，民风不化，盗贼横生之地，其诗《寄韦珩》中便记载："桂州西南又千里，漓水斗石麻兰高。到官数宿贼满野，缚壮杀老啼且号。"① 柳宗元到任之后，决心兴文教，改时弊，"铭心镂骨，无报上天，谨当宣布诏条，竭尽驽蹇，皇风不异于遐迩，圣则无间于华夷。庶答鸿，以塞余罪。"②"犹冀苦心励节，惠寡恤贫，大除人瘼，恭宣皇化，少

① 王国安：《柳宗元诗笺释》，上海古籍出版社 1993 年版，第 361 页。

② 柳宗元：《柳州东亭记》，《柳宗元集》卷二十九，中华书局 1993 年版，第 1000 页。

答鸿私。”① 柳宗元革新教育，“因其土俗，为设教禁，州人顺赖”（韩愈《柳子厚墓志铭》）；重修孔庙，目的是使“人去其陋，而本于儒。孝父忠君，言及礼义”（《柳州文宣王新修庙碑》）。柳宗元在柳州的一系列崇文重教、兴利革弊之举，使柳州的面貌焕然一新，为文学的发展奠定了坚实的社会基础，影响极为深远。正如《柳州府志》中所记述：“柳州府本百粤之地，爰自秦汉始入版籍，民知有冠裳之制，然犹不知学也。自唐柳子厚出守是邦，一振文教，翕然响风，骎骎然有诗书礼乐之泽。”② 这些都体现了柳宗元任职柳州对当地文教、文风的重视。

柳宗元广兴文教，革除时弊的举措成效显著，而这为当地文学的发展营造了良好的社会环境。作为唐代文坛巨擘，柳宗元在处理政务之余，亦进行了大量有关粤西风土人情的诗文创作，这种重视地域文化的意识带来良好的社会影响，引得广西士人争相学习效仿。柳宗元在柳州地区的文学创作和文学教育活动对广西文人创作影响极大，韩愈在《柳子厚墓志铭》中曾谈道：“衡湘以南，为进士者，皆以子厚为师。其经承子厚口讲指画，为文词者悉有法度可观。”③ 韩愈指出，当时一大批广西士人纷纷以柳宗元为师。这些从学者承柳宗元指点后，为文创作皆有法度可观，且水平也呈现较大的提高。清人胥文相在《柳祠录序》中也说：“凡山川风俗，悉经记述，而亦寓焉，遂因以名天下，传后世，至于今日。人知有兹

---

① 柳宗元：《柳州东亭记》，《柳宗元集》卷二十九，中华书局 1993 年版，第 1001 页。

② 张声震：《壮族通史》，民族出版社 1997 年版，第 554 页。

③ 马其昶：《韩昌黎文集校注》，上海古籍出版社 1986 年版，第 510 页。

士者，以侯之文也。”①

由此可见，柳宗元的诗文创作和文学教育对于柳州文坛的深远影响。值得注意的是，清人汪森认为柳宗元首开粤西文教之风，堪称粤西文坛“斯文宗主”。他在《粤西通载发凡》中称：“自昔南滨于海，西濒于金沙江者，皆为蛮乡，王化所不宾。而蜀开最先，粤闽继之。其兴文教也，蜀推汉之文翁，闽推唐之常衮尚已。若以粤西论，则宜推柳子厚始。”接着又说：“顾唐以上无论已，今观子厚、志完、鲁直、敬夫，其诗文传于粤西甚多。引掖后进，为斯文宗主，故当与文翁常衮并称也。”② 除此之外，汪森还认为唐代广西籍的曹唐、曹邺就是“闻子厚之风而起者”。从汪森的言论中可以明确窥见柳宗元任职广西后，对柳州文坛以及广西文坛所做出的不可磨灭的贡献。

柳宗元虽在广西任职时间不长，但却开柳州一带文风。他在柳州时的大量诗文创作以及兴文教、收徒授业、培养人才的一系列举措不仅促进了柳州文风的形成与发展，而且于广西文坛而言也有着持续而深远的影响。

二　秦观与粤西词风

北宋著名词人秦观于元符元年（公元 1098 年）始寓居横州（今广西横县），在他迁徙岭南三年多的时间里，除了元符二年

---

① 柳州市地方志编纂委员会编：《柳州市志》第 7 卷《柳祠录》序，广西人民出版社 2003 年版，第 640 页。

② （清）汪森：《粤西文载校点 1》，黄盛陆等校点，广西人民出版社 1990 年版，第 7 页。

（公元1099年）至元符三年（公元1100年）间迁居雷州外，其余近两年的时间均游宦在粤西的东南隅一带。在寓桂期间，秦观以诗词创作的形式抒发内心被贬谪的愤懑，内容涉及广西的物产和风俗等，艺术水平达到一个较高的境界。其创作的诗词作品以书信形式在当地文人集团中广泛流传，有力地提升了广西本土文化的品位，为当时文坛所瞩目。

纵观秦观在横州期间的词作及词学活动，对粤西一带文人学士的影响极大，后世粤西词人自觉地将他视为“词家之祖”。据清代曾德圭《粤西词载》云：“粤西词，据传始于北宋。”又“以秦淮海左迁横浦，为粤开词家之祖。”① 从后世粤西词人对秦观词作的追慕以及尊秦观为“粤开词家之祖”的言论中，可以看出秦观之于粤西词风的开创作用。

秦观在迁谪广西期间虽然心有郁结，寓浮槎馆，但这不妨碍其大量的词创作，这其中以在横州所作的《醉乡春·题海棠桥祝生家》为代表：

> 唤起一声人悄，衾暖梦寒窗晓。瘴雨过，海棠开，春色又添多少。
>
> 社瓮酿成微笑，半缺瘦瓢共舀。觉健倒，急投床，醉乡广大人间小。②

① 曾德圭：《粤西词载》，漓江出版社1993年版，第1页。

② （宋）秦观：《秦观词集》，上海古籍出版社2010年版，第149页。

海棠桥位于广西东南的横州镇，因桥南和桥北都有海棠树而得名。秦观被贬谪时因内心的苦闷无处诉说，所以经常到海棠桥边饮酒。酒醉后夜宿海棠丛边一户祝姓人家，而当酒醒之时便题此词于柱上。秦观的这首词不仅在当时的粤西词坛影响广泛，连宦游期间经过广西的苏轼对秦观的才华也是极尽称扬，而这无疑加深了粤西文人对秦观的推崇。南宋著名文学家胡仔《苕溪渔隐丛话》中对此曾有记载："东坡爱其句，恨不得其腔，当有和者。"① 于是苏轼对秦观才华的仰慕也遂成一时佳话，而"海棠桥"也因秦观的这首词作而成为文学史中常歌常咏的名胜。后世粤西词人多从中汲取创作营养，以海棠桥为诗词意象，或以海棠桥为其词集命名。例如粤西词人王竹一便将其词集命名为《海棠桥词集》。据清代临桂词人况周颐《粤西词见》"李守仁"条下记载："守仁字若仙，容县人，有《绮云词》二卷《齐天乐》题云：'读王竹一先生《海棠桥词集》有裒竝题先生自序，以秦淮海左迁横浦，为粤开词家之祖。故取其'海棠'句以集名。"② 从《粤西词见》王竹一对其《海棠桥词集》命名的解释中，可见秦观其人其词对粤西词人的影响之大。直至秦观客死藤州之后，横州人还专门修建祠堂来祭祀他，并根据其在横州留下的名篇，将其祠堂命名为海棠祠（又名少游祠）。

秦观于北宋元符间迁谪粤西后，开粤西词坛风会，与当时同样寓居广西的苏轼、黄庭坚等文坛大家互相唱和。他们的词学活动不仅有力地提升了广西本土文化的品位和影响力，为后世粤西词的发

---

① 胡仔：《苕溪渔隐丛话·前集》卷五十，人民文学出版社 1981 年版，第 340 页。

② 况周颐：《粤西词见》，聚文斋刻字店，光绪二十三年刻本。

展奠定了文化基础，而且后世的粤西词人也从中吸取到创作营养和精神力量。

三 赵翼、李宪乔、刘大观、汪为霖与镇安诗风

清代广西镇安诗坛因赵翼、李宪乔、刘大观以及汪为霖等外省籍文士的先后赴任而呈现出鸿蒙渐开的局面。他们在任职期间不仅政声显著，而且在政务之余更是致力于镇安的地方文化建设，从而有效地推动了镇安诗风的形成与发展。镇安是广西极为偏僻的地区，《三管英灵集》中曾言："镇安沿边与安南接壤处，皆崇山密箐，斧斤所不到。老藤古树，有洪荒所生，至今尚葱郁者。"① 以及"镇安多虎患"② 等，都道出了镇安原始的面貌。处在这样落后的环境中，无论从当地的文化、文学抑或是科举上来看，镇安自不能与文脉悠久的临桂相提并论。

清乾隆时期，镇安的文学风气出现了新的转变，其中最主要的渊源要追溯到乾隆三十一年（公元1766年）至乾隆三十五年（公元1770年），"乾隆三大家"之一的赵翼宦居镇安时的文学创作。赵翼作为清代性灵派的副将，其诗文创作亦遵循性灵派的格调风貌，多以吟咏个人性情为旨趣。他在治理镇安期间写下了许多抒发个人际遇和记述当地风土人情的作品，如收录于《瓯北集》中的著名长诗《镇安风土》，描写的正是其寓居镇安时所游览的自然风景以及体验到的民俗风情。赵翼在镇安的文化功绩为当时寂寂无闻的

---

① （清）梁章钜：《三管诗话》，蒋凡校注，广西人民出版社1996年版，第283页。

② 同上书，第282—283页。

镇安诗坛带来了一股强劲的性灵之风，并由此促进着镇安文学的发展。然而之前的镇安并无丰厚的文化底蕴，又加赵翼赴任期间较短，所以当时的镇安诗坛虽然有了新的文学气象，但仍显寂寥之态。

赵翼之后，归顺知州李宪乔、天保知县刘大观均于乾隆四十九年（公元 1784 年）任职广西，他们寓居镇安期间的文学成就继续作用着镇安诗坛。乾隆时期，归顺为镇安府所辖。李宪乔任归顺知州时，镇安诗坛得到了极大的发展。他所著的《少鹤诗钞》收录有其寓桂时的诗歌创作。他不仅在归顺吟诗作赋，而且还向州内的文人雅士传授高密派的学诗宗旨，一时归顺州的学诗风气盛行，并且促使镇安诗坛显现出新的生机。刘大观出任镇安府府治所在地天保县知县之职前后共计 5 年，作为当时镇安文坛最著名的诗人之一，刘大观在镇安多与同僚李宪乔交往。他学诗虽受高密派影响，然其峻峭之中雄浑豪放的诗歌风格却与李宪乔推崇张籍、贾岛，注重苦吟，追求瘦硬寒清的诗风不同，从而呈现出别具一格的风貌。此外，刘大观在镇安期间多与当地诗人互赠诗文，并大力推行诗风雅韵，这种积极倡导文教的学术风气也有利于当地诗风的形成与发展。

汪为霖于乾隆五十六年（公元 1791 年）调任广西镇安府，至嘉庆元年（公元 1796 年）离桂，这近 6 年的时间也是他创作的重要时期。其不仅与当时任归顺知州的李宪乔交往频繁，而且在此期间他对镇安诗风的发展也做出了重要的贡献。汪为霖寓桂期间最具特色的便是他的山水诗，如《登独秀峰》《游横江崆峒山》等，这不仅源于边疆的奇山秀水赋予他丰富的灵感，而且也与他任职镇安时独特的生命体验密切相关。袁枚曾称赞他这一时期的诗歌："看山得句，临水歌风，弓衣绣宛陵之诗，蜑女唱香山之曲，大为典郡者生色。"① 除了寓居镇安时留有大量的诗文创作外，此期的汪为霖也十分注重对当地的诗教提升。他曾在乾隆五十九年（公元1794 年）对镇安的秀阳书院进行了大力整修与扩建，积极进行诗教活动，并作《重建秀阳书院碑记》以表纪念。这篇碑记既表明了他对当地文化教育的重视，同时也昭示着他对学生文学修养的塑造和培养。这些对于提高镇安的文化水平，推动镇安诗风的发展都起着重要的作用。

镇安诗风在清代的形成与发展，离不开寓居于此的外省籍人士。赵翼虽然为镇安诗坛带来了独抒性灵的新气象，然而此时的诗坛处于形成之初，尚无文学积淀的支撑，仍颇为冷清。李宪乔、刘大观时，他们对地方士子的提携与培养，已极大地促进了镇安诗风的发展。至乾隆末嘉庆初，汪为霖在当地的诗歌创作及诗教活动使得他成为推动镇安诗风闻名一时的功臣。由此可见，正是清代乾嘉时期寓居镇安的这些文人雅士的文学活动，改变了镇安落后的文学面貌，最终使得他们与当地的从学者共同推动了镇安诗风的形成。

无论是柳宗元之于柳州文风，还是秦观对于粤西词风的开创，抑或是赵翼、李宪乔、刘大观以及汪为霖等人对清代镇安诗风的影响，这些都说明历代寓桂作家及其文学活动对当地文学创作风气的带动作用。这不仅是寓桂文学丰富广西文坛的显著表现，而且对于提升广西文坛在全国的知名度也具有十分重要的意义。

---

① 王英志：《袁枚全集新编》，浙江古籍出版社 2015 年版，第 57 页。

◇◇第三节　促进广西本土文学的发展

广西地理位置特殊，境内有大大小小十几个民族大杂居、小聚居，风土人情皆殊异于中原。在唐朝之前，广西为百越之地、蛮荒之地，民风剽悍，经济落后，文教不兴。而随着唐代贬谪文人寓桂，广西的风气开始改变，本土文学初现萌芽。到了宋代，广西本土文学继续发展，走向自觉。元明清为本土文学成熟期，作家作品众多，有岭南独特的风格。到了近现代，桂林成为大后方的文艺中心之一，大量文人来桂避难，广西文学也蓬勃兴盛起来。

一　唐代：寓桂文人催生广西本土文学萌芽

“唐宋之时，以岭南为迁谪所居，然苟非诸君子，则无以开辟其榛芜，发泄其灵异……或侨居其地，或经行其间，或为参佐，或则贬谪。登高而赋，遇景而题，甚有搜奇剔隐以表彰之，故当与粤西山水并垂不朽。”清代的汪森在《粤西通载》中论述了唐代因为贬谪或其他人生遭际而南迁的中原士子们，他们的创作展现了广西丰富的地域文化和优美的山水风光，也促进了广西本土文学的产生，对于广西文化和文学的发展有着不可磨灭的奠基之功。

唐代著名的文学家韩愈三次被迫迁徙岭南，留下了不少诗文作品，描绘了一个蛮荒的广西绝域，流露出浓郁的怨愤哀痛之情。但是当韩愈真正来到岭南之后，才重新认识到“瘴疫蛮荒”之下还有更多的可取之处。如在他的《送窦从事序》中写道：

逾瓯闽而南，皆百越之地。于天文，其次星纪，其星牵牛。连山隔其阴，巨海敌其阳。是维岛居卉服之民，风气之殊，著自古昔。唐之有天下，号令之所加，无异远近。民俗既迁，风气亦随，雪霜时降，疠疫不兴。濒海之饶，固加于初。是以人之之南海者，若东西州焉。①

这也说明从唐朝开始，岭南之地渐渐脱离“蛮荒之地”，开始有所发展。且从唐代开始岭南地区各个州县都建立有州学和县学，和中原地区一样，积极推行儒教。在唐玄宗天宝十三年七月敕称：“如闻岭南州县，近来颇习文儒。”② 就可以看到广西兴文教的情况。发展到晚唐时期，广西各个地方的文教有了一定的成效，这点从柳宗元所写的《柳州文宣王新修庙碑》中可见一斑：初，柳州“古为南夷”，“至于有国，始循法度，置吏奉贡，咸若采卫，冠带宪令，进用文事。学者道尧、舜、孔子，如取诸左右，执经书，引仁义”。无名氏所写的《宋进士题名记》称：“琼筦在古荒服之表，历汉及唐，至宣宗朝文化始洽。”③ 这些记载说明了古代岭南地区的巨大转变，由蛮夷之地转变为“文化始洽”，具体的时间节点指向唐代唐宣宗大中年间。

唐代广西社会文化发生此种良性转变与寓桂文人的推动有很大

① （唐）韩愈：《韩昌黎文集校注·卷四》，上海古籍出版社 1987 年版，第 237—238 页。

② （宋）王溥：《唐会要》卷七五，中华书局 1955 年版，第 1622 页。

③ （明）上官崇修、唐胄：《琼台志》，正德十七年（1522）刻本，《广东历代方志集成》，岭南美术出版社 2009 年版，第 84 页。

的关系。如柳宗元被贬柳州刺史的四年，也反映了这种文风的变化。在刚得知贬到岭南的时候，柳宗元在《寄韦珩》中写道：“桂州西南又千里，漓水斗石麻兰高。”诗人印象中的岭南地域偏僻、土地荒凉；并且怀着必死的心态来到了柳州：“一身去国六千里，万死投荒十二年。”（《别舍弟宗一》）“六千里”说明地理距离的遥不可及，“万死投荒”则表现出对于贬谪广西的恐惧忧恨。虽然诗人对于被贬充满着怨愤，但是作为一州刺史，柳宗元没有沉浸在自己的伤春悲秋情绪中，而是积极改善政绩，力求对柳州社会经济有所作为。柳宗元首先从改革教育着手，“因其土俗，为设教禁，州人顺赖”，这一点从《柳州府志・学校》相关记载中可以得到印证：“柳州府学创自唐初，元和间，史柳宗元重修，有记。”不久之后柳宗元主持重修孔庙，目的就是让“人去其陋，而本于儒。孝父忠君，言及礼义”。

经过柳宗元的一系列大兴文教的举动，柳州的士风和民风都有了极大的变化，明代黎澄《重修马平县儒学记》写道：“柳州府本百粤之地，爰自秦汉始入版籍，民知有冠裳之制，然犹不知学也。自唐柳子厚出守是邦，一振文教，翕然响风，然有诗书礼乐之泽。”经过柳宗元在柳州进行的移风易俗的改革措施之后，柳州“文物之盛殆与中国等矣”。柳宗元寓桂期间，更是亲自收徒，培养了一大批人才，“衡湘以南，为进士者，皆以子厚为师。其经承子厚口讲指画，为文词者悉有法度可观”。但是可惜的是，因为年代太过久远，相关资料大都散佚不见了，经由柳宗元指导过的弟子们姓名多不可考，大都淹没在历史的洪流中。汪森在其《粤西通载发凡》中不无遗憾地感慨道：“子厚在柳五年，其造就柳士必多，惜无一传也。窃谓唐季诗人，粤西独推二曹。尧宾桂州人，业之阳朔人，其去柳甚近。且中唐晚唐又不甚远，即不能亲炙子厚，当亦闻子厚之风而起者。而中间授受，必有其人，独恨世远年湮，无从考其源流耳。”二曹指代晚唐时期的广西本土诗人曹唐和曹邺。

除了柳宗元直接指导影响的粤西人士外，还有追随柳宗元而来的中原文人，包括柳宗元的内弟卢遵“性谨慎，学问不厌。自子厚之斥，遵从而家焉，逮其死不去”。还有李渭，当柳宗元被贬永州的时候，他随至永州，后来柳宗元任柳州刺史，他又随至柳州。再如杜温夫，为了求教，多次给柳宗元写信，并把自己的十卷文献给柳宗元，请求得到一些指导，后面又专程从湖北到了柳州面谒柳宗元。这些人或者因为和柳宗元有亲旧关系，或者为了求教，都在柳州或长或短滞留过一段时间，有意无意间将中原的先进文化带到了柳州的社会，客观上促进了柳州地区相对落后的社会文化的发展和转变，和其他寓桂文人一道，促成了广西本土文学萌芽的出现。

关于柳宗元对于广西社会文化发展的巨大作用，清人胥文相《柳祠录序》中简述道：“凡山川风俗，悉经记述，而亦寓焉，遂因以名天下，传后世，至于今日。人知有兹土者，以侯之文也。”在柳宗元笔下，广西的山川风景和民风民俗都传入中原乃至流传到后世。在他辞世后，柳州人民为了纪念柳宗元而修建了柳侯祠，成为柳州一景，吸引了历代游人来此瞻仰并留下题咏感叹之作，成为广西文化的重要组成部分。可以说，柳宗元对广西文化的影响一直延续至今，并将一直延续下去。

日本学者桑原骘藏发现："唐末五代之乱时，不少中原士人到岭南避难，当地文运因之一代一代地得以开通。五代时期割据福建的闽和偏在岭南的南汉，文物皆相当整备，他们从北方避难的士人得到不少协助，亦自不待言。"① 学者吴宗国同时指出："五代十国时南方各国的统治者不尽是本地人，但当地的士人始终是一支活跃的政治力量。"② 寓桂文人们有意无意的文学和社会活动，客观上促成了广西本土文学的发展，本土文人逐步发展为一支重要的文学力量。比如广西本土诗人曹邺，在晚唐诗坛声誉颇高。虽然在《四库全书总目》中对于《〈曹祠部集〉提要》颇多批评，指出其"诗乃多怨老嗟卑之作"③，但实际上有失公允。曹邺的诗歌创作受到了柳宗元等寓桂文人的影响，有一种挥之不去的孤寒意识，但是其孤寒正显示出其节操的孤高，"自怜孤生竹，出土便有节"④ 因为他秉持着这种孤高的节操，故而对于社会中的种种黑暗大胆予以揭露。曹邺在《寄监察从兄》中说道："自觉心貌古，兼合古人情，因为二雅诗，出语有性灵"⑤ 说明自己的诗歌创作特点是高古。在晚唐的张为《诗人主客图》中，将曹邺列为"高古奥逸主"下的"升堂"者之一⑥。明蒋冕《二曹诗跋》评曹邺诗"格调高古，意

---

① （日）桑原骘藏：《历史上所见的南北中国》，刘俊文主编，中华书局 1992 年版，第 24 页。

② 吴宗国：《唐代科举制度研究》，北京大学出版社 2010 年版，第 278 页。

③ （清）永瑢等：《四库全书总目》（下册），中华书局 1965 年版，第 1300 页。

④ （唐）曹邺：《曹邺诗注》，梁超然、毛水清注，上海古籍出版社 1982 年版，第 27 页。

⑤ 同上书，第 37 页。

⑥ 丁福保：《历代诗话续编》（上），中华书局 1983 年版，第 83 页。

深语健"[①]。清代王维新在他的《阳朔道中怀曹邺》诗中赞扬曹邺："岭西风气实先开。"[②] 曹邺作为广西本土文人，积极学习中原文化，并受到寓桂文人的深刻影响和必要指导，开广西本土文学的先河，其在广西本土文学发展史上有举足轻重的地位，虽然留下的历史资料不够翔实丰富，但从现有的文字记载中，仍然可以看出一些蛛丝马迹。

二 宋代：寓桂文人推动了广西本土文学发展

根据《宋代岭南谪宦》统计，高宗朝被谪岭南的官员共计202人，相比北宋岭南谪宦的总和187人还多了15人[③]。唐代的官员基本上"一经贬官，便同长往；回望故里，永无还期"[④]。到了南宋情况发生了极大的改变，贬官被赦免的概率大大增加，经常出现有谪而后赦、赦而复谪的谪复无常现象，相比于唐代被贬官员的绝望困苦的心态，宋代官员更加乐观一点。按照南宋法律规定，绍兴元年之后，"文臣责授散官安置，已放后一期入格叙用"[⑤]。翻译成白话文就是，官员在放免之后一年即可重新叙复录用。宋代无论是经济发展水平，还是思想文化发展程度上，都是我国古代一个较为发达的朝代，邓广铭甚至指出了"宋代是我国封建社会发展的最高阶

---

① （唐）曹邺：《曹邺诗注》，梁超然、毛水清注，上海古籍出版社1982年版，第73页。

② 同上。

③ 金强：《宋代岭南谪宦·附录：宋代岭南谪宦表》，广东人民出版社2009年版。

④ 杨士奇、杨淮：《历代名臣奏议·卷二一八》，上海古籍出版社1989年版。

⑤ 徐松：《宋会要辑稿·职官·七六》，中华书局1959年版，第44页。

段。两宋期内的物质文明和精神文明所达到的高度，在中国整个封建社会历史时期之内，可以说是空前绝后的。”①

虽然宋代整体发展水平较高，但不可否认的是，宋代的广西地区依然是一个相对落后的地区。南宋周去非在《岭外代答》中所说“广西地带蛮夷，山川旷远，人物稀少，事力微薄，一郡不当浙郡一县”②，也是当时广西实际发展水平的真实反映。因为贬谪也好、旅宦也好，或者其他原因来到广西的宋代文人很多，包括像苏轼、秦观、黄庭坚、陈与义、李纲、张孝祥、范成大、刘克庄这样的著名文学家。宋代寓桂诗人除了为广西带来中原先进的生产生活工具或者观念之外，最重要的作用就是一改广西的文风，留下了大量的碑刻、石刻作品，创作了数量可观的文学作品，起到了传播先进文化、推动广西本土文化发展的巨大作用。

宋代重文轻武，和武将出身的官员比起来，文人官员更加注重民风建设和文化发展，游宦官员，即使是贬谪官员，也十分重视文教。一方面，这些寓桂文人在自己的作品中全方位地展现广西的风土人情、秀丽山水、名胜古迹等。如范成大写有《桂海虞衡志》，主要以广西桂林为中心，写出了广西的丰富动植物资源、矿产资源以及民族民俗和气候土产等内容，该书不愧为桂林及周边地区的博物志。周去非受到《桂海虞衡志》的启发，编纂了《岭外代答》，随笔记述作者在桂林做官期间见到的听到的关于广西的一些少数民

---

① 邓广铭：《谈谈有关宋史研究的几个问题》，《社会科学战线》1986 年第 2 期。

② （宋）周去非：《岭外代答·卷一》，屠友祥校注，上海远东出版社 1996 年版，第 7 页。

族民风民俗以及山川、古迹、方物等情况。宋人多写笔记，而广西特殊的风土人情和自然风光自然令寓桂文人们文思泉涌，如寓桂的吴处厚著有《青箱杂记》，庄绰有《鸡肋编》，蔡絛写了《铁围山丛谈》等，不一而足。这些著作对于中原人了解广西以及后人研究广西提供了宝贵的文字资料。另一方面，寓桂文人积极传播先进的中原文化，提高了广西本土的文化氛围和文化水平。寓桂文人在广西留下了数量可观的石刻、碑刻，例如桂林石刻中现存 533 件唐宋时代摩崖碑碣，其中 90% 以上的都是宋人所题，这些碑刻内容涉及广西的政治、经济、文化，甚至军事、民族关系等各个方面，提高了当地的文化水平和书法欣赏水平。除此之外，游宦文人还利用自己的职位之便，积极推行文教事业，兴办学校，改易民风，促进了广西当地文化事业的发展。

尽管宋代的广西社会经济依然比较落后，但是其迥异于中原的山水方物却能给寓桂文人带来取之不尽用之不竭的创作灵感和写作素材，范成大对此感慨过："宦游之适，宁有踰于此者乎！"① 范成大，字致能，号石湖居士，吴郡（今江苏苏州）人，南宋著名诗人，"中兴四大家"之一。范成大实际居住在桂林的时间大概从乾道九年到淳熙二年，任期不长，但在任期间以自己帅司身份积极改革政令，处理地方和民族事务，政绩斐然。同时，在桂期间共创作 54 首诗歌，保存在其《石湖集》中，这些诗歌真实再现了范成大在桂期间的所见所闻所感，是一份难得的研究当地风土人情和范成

① （宋）范成大：《范成大笔记六种》，孔凡礼点校，中华书局 2002 年版，第 81 页。

大人生情感的文字资料。“始予自紫微垣出帅广右，姻亲故人张饮松江，皆以炎荒风土为戚。”① 范成大初到桂林，家乡的亲旧都为他十分担心，认为广西乃是“炎荒风土”，而诗人以杜甫、韩愈等人的诗歌自我安慰自我调解，等到真正来到了广西之后，更加认识到广西也是一片有着秀丽的自然山水风光，是民风淳厚的好地方，比自己先前的想象还要好的地方。当寓桂时间久一点之后，诗人更加习惯了广西的饮食风俗，更是喜欢上了当地特色的蛮茶和老酒。诗人和当地人民感情融洽，在桂林期间交往的周必大、郭季勇等友人，也都是豪俊之士。范成大作为桂林的帅司，不但在政治上注重实效、较有作为，而且在当地的文化教育事业上贡献良多，促进了当地的文化发展。

南宋的刘克庄在嘉定十五年来到了桂林，与桂林结下了不解之缘。在桂林虽然只有短短的一年，却是诗人自己文风转变的重要拐点。不同于其他文人或者是被朝廷派遣到广西做官或者遭受贬谪而被迫来到广西，刘克庄则是主动地选择流寓广西。虽然来广西的动机比较复杂，但是当诗人面对山奇水秀的广西自然风光，就像他在诗中所写的那样：“若非曾发看山愿，老夫何因入瘴云”，即来了广西，刘克庄“八桂佳山水，胡与公唱酬，几成集”②，这段时期创作成果多、风格也有一定程度的转变。在此期间，诗人依然没有忘却国破山河在的忧国忧民的情怀，依然渴望着报国却苦于怀才不

---

① （宋）范成大：《范成大笔记六种》，孔凡礼点校，中华书局 2002 年版，第 81 页。

② （宋）林希逸：《后村先生刘公行状》，《后村先生大全集（卷一九四）》，《四部丛刊本》。

遇，一腔热情无法施展，在桂林山水的优美中暂时忘却这种哀思，却不是长久之计。虽然现实充满着种种无奈，但是广西的奇山丽水，还有幕帅对他的器重，都让刘克庄深深爱上了这片土地，及至晚年，仍在《送陈东序》中感叹：“予从事广西经略使府，潜仲适漕幕岭外，少公事，多暇日，予二人游钓吟必俱。神厓鬼洞，束缊盲进。唐镵宋刻，剜槲放鹤，俯湫呼龙。平生乐事，莫如桂州时也”①。确实，留居桂林一年让诗人的表现范围和艺术风格等都发生了重大的转变，同时诗人的诗歌创作也影响了桂林士子的文风，提高了他们对于中原文化的认知。

综上所述，宋代广西和中原地区的联系因为寓桂文人的数量大增而更加紧密，且宋代相对发达的经济水平和文化水平，对于广西的吸引力和凝聚力也空前提高。大一统王朝的形成和文化交流的日益频繁，甚至会有对于文化同化现象出现的忧虑。从宏观的角度看，在宋代社会政治经济高度发达的时期，社会意识形态和政治制度等方面，广西和中原地区无疑是处于大一统局面中的，但是各个地区的风光习俗迥异，文化生态显现出多样性的特征。所以尽管寓桂文人为广西带来了先进的中原文化和中原意识形态，广西本土文学因其独特的生态文化、物质文化、民俗文化等，仍然能够在学习中原先进文化的同时保持自身独特的文化特质，并且向着良性方向继续发展、走向成熟。

---

① （宋）林希逸：《后村先生刘公行状》，《后村先生大全集（卷一九四）》，《四部丛刊本》。

三　元明清：寓桂文人促进广西本土文学成熟

清代诗人张鹏展在其《峤西诗钞序》中无奈感叹："粤西士习，大抵务实而不务名，上焉者，生平刻励于道德经济之业，不屑于调章棘句以示长；间有山林积学之士，风雨一编，苦心镌刻，只以自怡，未尝刻集以炫于世。是以粤西之诗，少有存者……"广西的士风更加务实而不是追求浮名，注重经济事务而不注重文章写作，而一二擅长写文章的山林之士，即使出书也是为了自娱自乐，而不是为了炫耀，种种原因导致了广西的文献留存下来的极少。但是与此形成鲜明对比的是，广西文人对于记载寓桂文人的诗文或者事迹则很主动积极，这在客观上保存了当时广西文化的景观。经过了唐时广西本土文学的萌芽和宋时的发展，到了元明清时代，广西本土文学走向成熟。一方面，广西本土文人对于中原文化仍然有着强烈的向往和认同，从而在自己的诗文作品中学习甚至模仿中原寓桂文人；另一方面，广西本土文人的本土意识开始觉醒并越来越有文化自信，诗文中出现了越来越多的广西特色。

首先，宗慕中原文化。广西本土诗人受到中原文化的熏陶，向寓桂文人积极学习，其创作实践和创作意识中都以仰慕古风、仰慕中原为倾向；其次，广西本土文人意识开始觉醒，走向了文化自觉，本土诗人的创作更加具有广西的地域特色，仅仅从形式上看，他们的诗歌创作中将广西的山川风光、风景名胜、民风民俗写入其中，具有了与广西地域文化类似的内容。如本土诗人曹唐写有"尽兴南游卒未回，水工舟子不须催。政思碧树关心句，难放红螺蘸甲杯。涨海潮生阴火灭，苍梧风暖瘴云开。芦花寂寂月如练，何处笛声江上来。”但是距离产生美，寓桂文人面对着迥异于中原的山川民风，会更加有创作的欲望和灵感，而本土作家因为太过熟悉当地的情况，反而不太会引起他们的创作欲望，加之广西缺乏像中原其他地方那样深厚的历史文化积淀，故而本土文学发展速度不是很快。且本土作家对于中原文化的强烈认同，一方面使得他们积极学习先进的中原文化，提高自身的文化素养和文化审美；另一方面也降低了他们对于本土文化的认同和关注度。表现在具体的文学创作方面就是，在寓桂文人的熏陶和相关政绩的影响下，广西本土文人从小接触更多的是汉文化的教育，对于传统儒家的思想文化更加认同，诗歌创作理念倾向于和中原接轨，遵循着中国古典诗歌的范式，他们将中原文化视为“阳春白雪”，而把自己的本土文化视为“下里巴人”。直到经过了唐宋的奠基和发展，到了元明清时代，经过众多寓桂文人的熏陶和教育，以及广西本土作家的不懈努力和激励，广西本土文人更加关注自己的文化和风俗，并且在前人的经验上，更加自觉主动地赞美自己的风光方物、人文风俗等。比如广西的容县道教名山都峤山，唐宋时期几乎没有本地文人对此加以吟咏，只有寓桂文人对此加以歌咏，而到了明代则出现了不少本土篇章来赞美都峤山，比如容州的杨际会写有《都峤山》，杨际熙也有《游都峤洞》等。

明代广西本土文学发展成熟的标志之一就是明代广西本土文人更加喜欢吟咏广西本地的风光，例如全州诗人蒋昪、蒋冕题咏全州的湘山寺、柳山书院、漱玉岩、礲岩等，桂平诗人龙国禄咏桂平八景，博白诗人秦之琼咏博白温泉，柳州诗人戴钦咏柳侯祠、柳州立鱼峰、融州老君洞、老子岩等，不一而足，形成一种独特的文化现象。这种文化现象说明了广西本土诗人对于广西本地地域文化的进一步关注和认同，这一切得益于元明清寓桂文人的持续影响作用，更得益于广西本土文人对于广西地域文化的内心自信和探索。

四 近现代：寓桂文人构成广西本土文学繁盛

近代，尤其是抗战时期，广西因为地处西南边陲，故而大量的作家在乱世中选择聚集在相对和平的桂林，在此生活、工作、挣扎、创作，这也使得桂林在抗战时期成为全国的一个文化中心地。外来的寓桂文人用旁观者的角度，能够更加清醒地审视桂林，也更加怀惴好奇心去体验桂林，同时更加饱含激情地书写桂林。身处乱世，国破山河在，城春草木深，本是再痛苦不过的避难经历，因为身处桂林山水甲天下的南疆，优美的自然风光可以使这些寓桂文人得到片刻的慰藉。丰子恺就将之戏称为“因祸得福”：“桂林山水甲天下，环城风景绝胜，为战争所迫，得率全家遨游名山大川，亦可谓因祸得福。”[①] 文人们倾心于山水风光、自然美景中，能够在风雨飘摇的乱世来到这片风光秀美、相对和平的土地避难，可以说是不幸中的万幸了。陈寅恪从香港跑到桂林，吴宓在《答寅恪》[②] 诗中为他能在桂林这座山水名城暂时落脚感到高兴。茅盾在寓居桂林的时候，其实过得相当困苦，但是

---

① 秋思：《柯灵为丰子恺辩护》，《杭州师范学院学报》（社会科学版）1988年第4期。

② 吴学昭：《吴宓与陈寅恪》，清华大学出版社1992年版，第107页。

当他离开广西的时候，也不禁感叹“栖迟八桂乡，悠焉寒暑易。山水甲天下，文物媲吴越。”[①] 认为自己在桂林的生活可以称为“悠焉寒暑”。但是在这些寓桂文人的眼中，桂林绝不是一个干巴巴的审美对象，它更是一个暂时的避难场所。他们以寓居的心态审视桂林，体悟桂林。田汉话剧《秋声赋》[②] 中写道：“人家说‘桂林山水甲天下’，你们这儿又是桂林山水最好的地方，这已经算是你们清福不错了。”可以看到是把桂林俨然当成“家”一样的归属了。巴金在《桂林的受难》[③] 中，也表达了对于桂林的归属感和喜爱。

不同于内地的战火纷飞，与满目疮痍的中原大地相比，广西因为其特殊的地理区位和政治环境，在抗战时期能够保持相对的安宁，故而寓桂人数大增，桂林也因为大批寓桂文人的到来而获得文化的兴盛。对于桂林的这种奇特的变化，《新华日报》特派记者白薇对此非常感兴趣，她走访各界人物，拜访作家，深入街巷，考察桂林，写成了《第四期抗战的广西》[④]，全面展现了桂林的繁盛和文化的繁荣。在欧阳予倩独幕剧《可爱的桂林》[⑤] 中，同样显示出桂林的繁华景象，充满了自豪之情。桂林的繁盛最重要的方面体现在文艺的蓬勃景象。如田汉在话剧《秋声赋》中写道：“不要说桂

---

① 广西师范大学：《旅桂作家（上册）》，广西人民出版社 1989 年版，第 403 页。

② 田汉：《田汉文集·第五卷》，中国戏剧出版社 1983 年版，第 227—372 页。

③ 巴金：《巴金全集·第十三卷》，人民文学出版社 1990 年版，第 212—217 页。

④ 白薇：《抗战的广西》，《新华日报》1938 年 12 月 12 日。

⑤ 欧阳予倩：《可爱的桂林》，《广西日报》（昭平版）1944 年 11 月 3 日。

林的山水了，我一到市区就看见许多新的戏剧上演的美丽广告。一到书店，新出版的书报也美不胜收。桂林文化界的活动真实蓬蓬勃勃，不愧是西南文化的中心。”众多的话剧在桂林常态演出，各种图书也出版发售，文艺界的繁荣景象，让桂林成为名副其实的文化中心。在巴金的《桂林的微雨》中也提到了桂林众多的书店，如商务印书馆、中华书局、新知书店等，展现出抗战时期的桂林桂西路真是书店林立，不愧是“书店街”。桂林种种繁荣的文艺景象，包括广西本土文学的繁盛景象，都得益于抗战时期这一特殊的时间段，大量的寓桂文人来到广西避难。寓桂文人云集，构成甚至可以说是创造了桂林乃至广西繁盛的文学景观。寓桂文人并非沉浸在繁荣的表象下，而是更加深刻地去反思繁荣背后的危机和不足，并从不同的角度对此加以纠正。比如茅盾在《雨天杂写之三》中大肆描写了书店街的繁盛景象，但是笔锋一转，焦点转到如何以文化发展的眼光看待桂林文艺的可持续发展上，强调不仅仅追求表面的繁荣，更要注重质量注重效果。

上述大量的寓桂文人虽然在抗战时期来到桂林，在广西美丽的山水风光、自然方物中得到片刻的慰藉和一时的喘息，但是整个中国处于生死存亡的关头，中原大地到处战火纷飞，人们生活朝不保夕，种种沉重的现实让寓桂文人满怀着痛苦和伤痕，忧思难解，反映在作品中自然基调还是悲凉的，所用的意象也是灰暗居多。寓桂文人常用桂林变化多端的天气来寄托自己的苦闷情怀。巴金眼里的桂林，尤其是雨天的桂林，充满着忧闷的色彩，所以巴金听到的雨声也是忧郁苦闷的雨声，而桂林连绵不断的雨声又增加了这种烦躁和忧闷，在雨持续不断的情况下，阴暗潮湿的雨让巴金内心持续地难过苦闷起来。芦荻《雾》[1] 用充满忧郁的笔调描写了桂林被雾气笼罩的景象。田汉话剧《秋声赋》写出了典型的桂林景象，将故事发生的背景设置在桂林的象鼻山、七星岩等桂林典型地标，大部分的故事也发生在桂林，话剧的核心就是“秋声”，在欧阳修的《秋声赋》中就赋予了秋声以忧郁肃杀的气质，秋在中国古典诗歌的意象中也多是悲伤的忧郁的，田汉话剧《秋声赋》自然也是一脉相承，将秋声的忧郁贯彻到底。但是难能可贵的是，在如此忧郁的秋声氛围内，田汉并没有一味沉浸在忧郁苦闷中，而是在忧郁的渲染下生发出力量和希望，谱写出反抗的强音。

桂林作为抗战时期的大后方，虽然有着相对稳定的环境和稳定的生活，但是广西并不是能够远离战火波及的“世外桃源”，更不是理想主义的乌托邦，这里依然充满着战时的忧伤和艰难。寓桂文人的生活并不都是如意的，只能说比战区相对安全一些罢了。很多寓桂文人要一边应付生活，一边写作，经常要关注独秀峰上挂着灯笼的标杆，如果看到只有一个灯笼，就表示暂时没有被轰炸的危险，可以安心写作；如果有两个灯笼，就说明敌机快来了，赶紧收拾自己的稿子躲进山洞里。这种避难生活，无疑给寓桂作家带来了很大的内心创伤和不安，反映在他们的作品里自然也会有相关轰炸桂林和躲避警报的内容。当外界大环境无法安宁的时候，作家们内心也不可能有真正的安宁。但是面对种种苦难，寓桂文人和广西本土文人一道，对于苦难不会沉浸在其中，而是生发出更加强劲的反抗激情，“从这个城市你会想到其他许多中国的城市。它们全在受

---

① 芦荻：《雾》，《广西日报》1942 年 1 月 10 日。

难。不过它们咬紧牙关在受难，它们是不会屈服的。中国的城市是炸不怕的。我将来再告诉你们桂林的欢笑。”“城市是一种文学或文化上的结体，它存在于文本本身的创作、阅读过程与解析之中。”① 桂林不只是地理意义上的一座城市，更是因为寓桂文人的无数个体记忆和个体描写，呈现出整体的城市记忆和城市文化。正是因为大批的寓桂文人不远万里会集到广西桂林，用他们的生命体验写出了战时桂林文化的繁盛和城市的景观，与广西本土作家共同构成了广西文学的蓬勃繁荣景象。

---

① 张鸿生：《“文学中的城市”与“城市想象”研究》，《文学评论》2007 年第 1 期。

主要参考文献

[1]（唐）曹邺：《曹邺诗注》，梁超然、毛水清注，上海古籍出版社1982年版。

[2]（唐）韩愈：《韩昌黎文集校注·卷四》，上海古籍出版社1987年版。

[3]（唐）莫休符：《桂林风土记（影印文渊阁四库全书本）》，上海古籍出版社1987年版。

[4]（唐）柳宗元：《柳宗元集》，中华书局1993年版。

[5]（唐）刘恂：《岭表录异校补》，商壁、潘博校补，广西民族出版社1988年版。

[6]（宋）范成大：《桂海虞衡志》，上海古籍出版社1987年版

[7]（宋）范成大：《范成大笔记六种》，孔凡礼点校，中华书局2002年版。

[8]（宋）范成大：《范石湖集》，富寿荪标校，上海古籍出版社2006年版。

[9]（宋）马端临：《文献通考》，中华书局1986年版。

[10]（宋）欧阳修：《新唐书》，中华书局1975年版。

[11]（宋）秦观：《秦观词集》，上海古籍出版社2010年版。

[12]（宋）陶弼：《邕州小集》，上海古籍出版社1987年版。

[13]（宋）王存：《元丰九域志（影印丛书集成初编本）》，中华书局1985年版。

[14]（宋）王象之：《舆地纪胜》，中华书局1992年版。

[15]（宋）张世南：《游宦纪闻》，中华书局1981年版。

[16]（宋）周去非：《岭外代答》，上海古籍出版社1987年版。

[17]（宋）郑樵：《通志》，浙江古籍出版社1988年版。

[18]（宋）张孝祥：《张孝祥词笺校》，宛敏灏笺校，黄山书社1993年版。

[19]（宋）周去非：《岭外代答》，屠友祥校注，上海远东出版社1996年版。

[20]（宋）祝穆：《方舆胜览》，中华书局2003年版。

[21]（明）杨士奇、杨淮：《历代名臣奏议》，上海古籍出版社1989年版。

[22]（明）张鸣凤：《桂故》，李文俊校注，广西人民出版社1988年版。

[23]（明）张鸣凤：《桂胜》，广西人民出版社1988年版。

[24]（清）董诰：《全唐文卷》，中华书局1983年版。

[25]（清）顾祖禹：《读史方舆纪要》，中华书局2005年版。

[26]（清）郭嵩焘：《郭嵩焘全集》，岳麓书社2012年版。

[27]（清）况周颐：《粤西词见》，金陵刻本1896年版。

[28]（清）梁章钜：《三管诗话》，蒋凡校注，广西人民出版社1996年版。

[29]（清）闵叙：《粤述（丛书集成初编本）》，商务印书馆1936

年版。

[30]（清）陆祚蕃：《粤西偶记（丛书集成初编本）》，商务印书馆1936年版。

[31]（清）彭求定：《全唐诗》，中华书局1960年版。

[32]（清）汪森：《粤西诗载》，上海古籍出版社1987年版。

[33]（清）汪森：《粤西文载（影印文渊阁四库全书本）》，上海古籍出版社1987年版。

[34]（清）汪森：《粤西丛载（影印文渊阁四库全书本）》，上海古籍出版社1987年版。

[35]（清）王国维：《人间词话》，译林出版社2010年版。

[36]（清）徐松：《宋会要辑稿》，中华书局1959年版。

[37]（清）永瑢等：《四库全书总目》，中华书局1965年版。

[38]（清）曾德圭：《粤西词载》，漓江出版社1993年版。

[39]北京大学古文献研究所：《全宋诗》，北京大学出版社1998年版。

[40]程民生：《宋代地域文化》，河南大学出版社1997年版。

[41]陈庆元：《文学：地域的观照》，上海远东出版社2003年版。

[42]丁福保：《历代诗话续编》，中华书局1983年版。

[43]傅璇琮：《唐才子传校笺》，中华书局1987年版。

[44]广西壮族自治区通志馆：《二十四史广西资料辑录》，广西人民出版社1989年版。

[45]桂苑书林编辑委员会：《粤西文载校点》，广西人民出版社1990年版。

[46]广西地方志编撰委员会：《广西通志》，广西人民出版社1995

年版。

[47] 桂林市地方志编撰委员会：《桂林市志》，中华书局 1997 年版。

[48] 黄体荣：《广西历史地理》，广西民族出版社 1985 年版。

[49] 何成轩：《儒学南传史》，北京大学出版社 2000 年版。

[50] 黄振中、吴中任、梁超然：《粤西丛载校注》，广西民族出版社 2007 年版。

[51] 巨传友：《清代临桂词派研究》，上海古籍出版社 2008 年版。

[52] 龙兆佛、莫凤欣：《广西地理沿革简编》，广西人民出版社 1983 年版。

[53] 梁超然：《八桂诗人论及其他》，广西人民出版社 1988 年版。

[54] 罗香林：《唐代文化史研究》，上海文艺出版社 1992 年版。

[55] 梁精华：《广西科举史话》，广西人民出版社 1993 年版。

[56] 刘亚虎：《中华民族文学关系史（南方卷）》，人民文学出版社 1997 年版。

[57] 刘双玲：《桂林石刻》，中央文献出版社 2006 年版。

[58] 李明：《中国现代文学版图》，中西书局 2010 年版。

[59] 莫杰：《中国风物志丛书·广西风物志》，广西人民出版社 1984 年版。

[60] 莫休符：《桂林风土记》，中华书局 1991 年版。

[61] 毛水清：《隋唐五代文学史》，广西人民出版社 2003 年版。

[62] 盘福东：《八桂文化》，辽宁教育出版社 1998 年版。

[63] 舒天：《桂林风烟》，百花文艺出版社 2003 年版。

[64] 谭绍鹏：《古代诗人咏广西》，广西人民出版社 1989 年版。

[65] 唐佐明、唐凌：《广西考试史》，广西师范大学出版社 2003 年版。

[66] 吴学昭：《吴宓与陈寅恪》，清华大学出版社 1992 年版。

[67] 王国安：《柳宗元诗笺释》，上海古籍出版社 1993 年版。

[68] 魏华龄、张益桂：《桂林历史文化研究文集》，漓江出版社 1995 年版。

[69] 韦湘秋：《广西百代诗踪》，广西人民出版社 1995 年版。

[70] 王德明：《广西古代诗词史》，广西师范大学出版社 2008 年版。

[71] 王德明、李凯旋：《“杉湖十子”研究》，广西人民出版社 2015 年版。

[72] 萧泽昌、张益桂：《柳州史话》，广西人民出版社 1983 年版。

[73] 谢汉强：《柳宗元柳州诗文选读》，西安地图出版社 1999 年版。

[74] 周祖譔：《中国文学家大辞典（唐五代卷）》，中华书局 1992 年版。

[75] 钟仕伦：《南北文化与美学思潮》，四川大学出版社 1995 年版。

[76] 钟文典：《广西通史》，广西人民出版社 1999 年版。

[77] 曾枣庄：《中国文学家大辞典（宋代卷）》，中华书局 2004 年版。

[78] 姚淦铭、王燕：《王国维文集》，中国文史出版社 2007 年版。

[79] 杨义：《重绘中国文学地图通释》，当代中国出版社 2007 年版。

[80] 曾大兴：《文学地理学研究》，商务印书馆 2012 年版。

后　记

作为身在广西求学、工作的外乡人，我一直对历史上的寓桂作家怀有天然的兴趣。在绵延数千年的历史长河中，远离中原地区的广西从未缺少过外地人的身影：从最早有文献记载的秦代开凿灵渠的史禄到“马革裹尸”的伏波将军马援，再到文学史上留有盛名的苏轼、黄庭坚、秦观等人，这些因为种种原因而寓居广西的游子将广西视为自己的第二故乡，与当地人们一道开发、建设这片神奇的沃土。而广西独具魅力的自然环境和别具一格的人文景观为寓桂作家提供了广阔的创作素材，涌现出众多寓桂文学作品。以今天的眼光反观这些古代先贤留下的记忆，除了感知文学的魅力之外，内心更多了一份对于“外乡人”的理解和共鸣。

2017 年我以“文学地理学视域下寓桂作家研究”为题申报广西哲学社会科学研究课题获得青年项目立项，这使我有机会近距离接触、了解寓桂作家，经过为期一年多的努力，相关的研究体会和心得汇集成了这本小书，作为该项课题的最终研究成果。作为课题组的主要成员，王鑫、玉璐、张宏宇、吴侠、赵筠等几位年轻的教师积极投入到课题研究工作中，并不同程度地参与了书稿的撰写；牙彩练、孙哲、李宁宁、赵文慧等几位在读研究生也为课题研究付出诸多辛劳。作为集体劳动的成果，这本著作也同样凝聚了他们的心血。

本书出版得到了广西民族大学中国语言文学重点学科建设经费的全额资助，在此向学校和文学院的领导对青年学人的支持和鼓励致以崇高的敬意和衷心的感谢，向中国社会科学出版社陈肖静女士的辛勤工作表示感谢。我的硕士研究生导师容本镇教授在百忙之中为本书惠赐序言，让我十分感动，恩师的教诲当永远铭记于心。当然课题在研究和撰稿过程中借鉴参考、引用转述了大量前辈学者的研究成果，在此一并致敬、致谢。课题的参与者均为刚刚步入科研工作领域的青年人，研究经验和专业学识还有较大欠缺，且大都担负着较为繁重的日常行政工作，虽然尽心竭力对待这次难得的锻炼机会，但书中仍难免有所疏漏和谬误，期请各位方家批评指正并请广大读者宽宥。

作　者

2018 年 9 月记于广西南宁